自然學習英語動詞

進階篇

大西泰斗／Paul C. McVay　著

林韓菁　譯

三民書局

前言

　　想必各位讀者都知道，《自然學習英語動詞》絕不是一本枯燥無味的字彙集。這可不是那種在英文單字後隨便附上中文翻譯和幾句例句就敷衍了事的書，那種書根本花不到一個月的時間即可完成，因為只要在電腦中大量輸入考試題目或是 *TIME* 等雜誌的文章，依使用的頻率分門別類，再加上中文解釋及例句，就可以輕鬆完成一本字彙集。但是，像這樣的字彙集並不能真正幫助讀者提昇英文能力。

　　要讓讀者學會各個單字的用法，進而靈活運用，若只是請大家牢記中文翻譯根本對此毫無幫助。每一個單字都具有其「固有的意象」，亦即「獨特的語感」。坊間的字彙書往往無視於此，將 put、set down、position、place、lay 全都譯成「放置」，這樣反而會讓讀者的英文學習開倒車，無法說出道地的英文。

　　獨具慧眼選購本書的讀者想必都有這樣深刻的體驗吧！雖然瞭解背誦字彙集一點用也沒有，卻想不到其他的辦法。翻遍坊間所有字典或一般字彙集根本無法幫助自己掌握以英語為母語者的語感，卻又苦於找不到更好的學習方法，不是嗎？

　　那麼，請快翻開本書吧！本書與坊間一般的字彙書大不相同，可以幫助讀者確實掌握動詞的意象，體會動詞的面貌、語感。請各位以平常心輕鬆地閱讀本書，讓各種動詞的運用真正地屬於自己，而這種徹底領會各個動詞的感覺，將能帶領各位朝向更高的英語境界邁進。

大西泰斗
Paul C. McVay

Contents

第 **0** 章

讓我們**開始**吧!

各位讀者好，看樣子你終於**下定決心**了！恭喜各位已經從「有中文翻譯就滿足了」、「翻得出來就好」、「只會使用簡單的單字也沒關係」、「只要是接近『放置』的英文永遠都只會用 put」和「只要會使用 put 就好」的世界踏出了第一步。從現在起，各位將朝學會精準確實的英文之路邁進。在正式進入主題之前，我們先簡單介紹一下本書的使用方法。

　　本書為《自然學習英語動詞──基礎篇》的進階篇。在《自然學習英語動詞──基礎篇》一書中，已經成功地協助各位讀者活用常見基本動詞。當然，如果各位是初學者的話，學會這些基本動詞可能已經夠用了。不過，對於想要更進一步學習的讀者來說，光學會基本動詞仍嫌不足。如果不管任何時間任何情況下「都只用put」，根本無法完整傳達各種微妙的語感。在英文能力不斷進步的同時，更需要具備「小心輕放」或是「好不容易終於可以放下重物」等依不同狀況使用不同動詞的能力，也就是說，在微妙處要知道如何運用不同動詞來表現不同的語感。幫助讀者培養這種精準確實的英文能力正是本書的編輯宗旨。

　　在《自然學習英語動詞──基礎篇》當中，我們將英文動詞分成九個 PROTOTYPICAL IMAGE（原型意象），亦即九大類型。

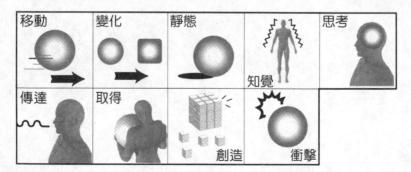

當然，不包括在這些原型意象中的動詞還有很多，但**用法較複雜的動詞大多屬於這九大類型**。本書將更深入淺出地探討這些動詞的用法（為了介紹更多的動詞，部份章節的安排和前一冊略有不同）。

　　這一冊我們將每一章都分成好幾個群組，並特地將用法上不易區別的動詞歸納在同一個群組當中。例如，在「放置」的這個群組當中，我們就收錄了 place、position、lay、set down 等語感有些微差異的動詞。一邊閱讀說明，一邊參考插圖，讓各位在本書的帶領下**親身體驗**各個動詞間微妙的差異。在學習的過程中，千萬不要再去背誦「中文翻譯」，而要用「意象」去感受該動詞的含意。以英語為母語的孩子絕對不是用「翻譯」或「定義」來理解所有的動詞，而是在日常生活中逐漸體會各個動詞的意象。雖然一開始這個意象可能模糊不清，但是，藉由日常生活中反覆地聆聽、長時間不斷地對照，將可逐漸把各個動詞的意象修正地更為精確。各位讀者當然也可以用同樣的方法來學習英文！**而且更幸運的是，各位不用像以英語為母語的孩子一樣那麼辛苦！**因為我們已經將他們長時間領悟出來的意象用簡單的插圖及文字說明整理在書中了。

　　接下來，我們就要一一揭開這些惱人動詞的面紗，**各位是否已經非常期待了呢！**請各位在讀完本書後，再次確認看看自己的英文是不是已經離以英語為母語的人愈來愈近，是不是向前邁進了一大步。相信各位一定會對自己的突飛猛進感到驚嘆不已。

那麼，我們就開始囉！

第 **1** 章

表示**移動**的**動詞**

跑	dash / race / sprint / trot / canter / gallop
走	① hike / trek / wander / stroll
	② shuffle / stagger / stumble / hobble / limp
	③ stomp / trudge / plod / tramp
	④ march / pace / strut / sneak / creep / stride / step
向上	ascend / arise / soar / boost / climb
反抗	oppose / protest / rebel / revolt
向下	descend / plunge / plummet / sink / drop
向前	progress / promote / proceed / forward
向後	retreat / retire / return
載運	cart / hump / lug / bear
逃跑	escape / abscond / bolt / flee
流動	run / drip / flow / ooze / leak / seep
開始	begin / start / initiate / inaugurate / commence / pioneer / launch / originate / found / institute
結束	end / finish / terminate / complete / conclude
放置	place / position / lay / set down / deposit / install / replace

表示移動的動詞

　　和《自然學習英語動詞──基礎篇》一樣，由「表示移動的動詞」來揭開序幕。大家是不是只要是「跑」就只會用「run」、只要是「走」就只會用「walk」呢？即便是「跑」、「走」這樣簡單的動作，也有許多含意類似的動詞。如果大家能夠了解這些動詞間的細微差異，就更能感受到英文包羅萬象的表達方式，也能體會出區分這種微妙語感差異的樂趣。沒錯，各位的英文從現在起即將脫胎換骨。

　　本章除了「跑」、「走」之外，尚有「前後」、「上下」等方向的移動、bring 的伙伴「載運」、甚至還有事情的「開始」、「結束」等抽象的移動，另外「反抗」、「逃跑」、液體的「流動」等動詞亦一併介紹。敬請期待，好戲即將登場囉！

　　各位對於與「跑」意義相關的動詞知道幾個呢? 雖然大家都想學好英文，但一天到晚就只會用 run，真是傷腦筋。接下來，我就將這些相關動詞彙整起來供大家學習。真的一點都不難，請大家配合插圖與說明，確實掌握各動詞的意象。

dash

　　dash 所表示的「跑」是「非常焦急」的。帶有因為「啊! 糟了 (**Oh, shit!**)」、「不妙」而猛衝、急奔的語感。

· We'd better **dash** or we'll miss the bus.（我們最好快跑，否則會錯過這班公車。）

race

　　相信大家都知道這個字是「競賽」的意思，就是「全速前進」。帶有「**與對手、時間競賽**」的語感。

· Come on. I'll **race** you to the top of the hill.（來吧! 看誰先跑到山頂。）

sprint

短距離的全力衝刺。

· I **sprinted** across the road and caught the bus.

（我奮力衝過馬路，趕上了公車。）

trot/canter/gallop

　　馬的三種跑法。三個動詞當中，速度依 trot → canter → gallop 的順序加快。

· These horses **trotted** for a while, then began to **canter** and finally **galloped** at full speed.（這些馬先小跑一陣子，然後開始快跑，最後全力奔馳。）

走

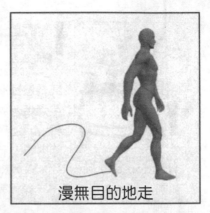

①

漫無目的地走

　接著要介紹的是「走」。這類動詞數量非常多，不用勉強自己一次背完。仔細閱讀說明，不時翻翻插圖，自然而然地就可以記住。別太心急！首先，我們就從「漫無目的地走」開始說明吧。

▍hike

　帶著大約 100 元的糖果餅乾，我們要去陽明山健行，雖然走起來有點距離，心情卻很快樂。雖然自己一個人去也可以，不過，還是大家一起去比較好玩。

· They often go **hiking** in the hills at weekends.（他們常常在週末到山上健行。）

▍trek

　trek 比起 hike 來，有「距離」多了。是長途而辛苦的跋涉，且較為正式。

· We are planning to **trek** in the Himalayas next summer.（我們打算明年夏天去喜瑪拉雅山徒步旅行。）

wander

「沒有目的」地漫遊。對於要去哪裡或要做什麼並沒有什麼具體計劃，只是隨便走走，說幾句讚嘆的話像是「大自然好美」、「這棟建築物真雄偉」等等。至於目的地嘛…一點兒也不重要。

・I **wandered** lonely as a cloud...（我就像雲一樣獨自四處漫遊…）

　　這是 18–19 世紀浪漫主義代表人物 Wordsworth 的詩句，很有學問吧!

stroll

悠閒地散步、溜躂。肚子也填飽了，在公園裡也和鄰居張先生聊得很盡興。啊!那裡有人在寫生，這裡有人在放風箏，真是愉快!

・I saw them **strolling** arm in arm in the park.（我看到他們手挽著手在公園裏散步。）

②

喔!
我的腳!

走不穩

　　慢慢地應該能體會出那種感覺了吧! 很簡單, 不是嗎? 最重要的就是意象。接下來要來談點不一樣的。我們來看看「走不穩」。

拖著

shuffle

　　在地上**拖著**腳步走。可能是因為年紀大或是得了帕金森氏症等原因。

· The old man **shuffled** toward the bathroom.

（這個老人拖著步伐朝浴室走去。）

搖搖晃晃

stagger

　　搖搖晃晃地好像快要跌倒的樣子,「跟跟蹌蹌」的感覺。有可能是喝了點酒, 也有可能是受到太大的刺激或是行李太重所致。

· After downing 8 pints, Bob **staggered** out of the pub. （喝了 8 品脫之後, 鮑伯搖搖晃晃地走出酒吧。）

stumble

　　啊!「**要…跌倒了**」的感覺。絆到腳或絆倒時請使用這個動詞。

・Tom **stumbled** across the messy floor and made it to the door.（湯姆跌跌撞撞地穿越凌亂不堪的地板,總算到達門邊。）

hobble

　　沒辦法正常地行走,走起來**腳好痛**!請想像一下腳扭到時的走法。痛啊!

・Peter **hobbled** off the field after a violent tackle from behind.

（彼得因為被對方球員從背後粗暴地阻截,腳步蹣跚地退場了。）

limp

　　一瘸一拐地行走。因為某種原因,腳步一直不太靈活,只能以一跛、一跛的方式前進。

・He **limps** permanently after his terrible car crash.

（歷經了一場嚴重車禍後,他一直跛著腳。）

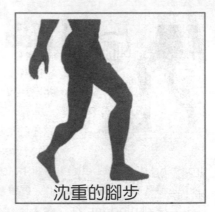

沈重的腳步

③

　　看了前面的部分，相信大家應該已經有所體會了，我們再繼續努力吧！接下來要談的是「沈重的腳步」。

stomp

　　邊走邊發出「咚…咚…」重重的腳步聲。生氣的時候就會出現這種走法。

・She **stomped** off to her room and put her stereo on full blast.

（她跺著腳走進房間，然後把音響開的很大聲。）

難走

trudge

　　有一股很大的力量在阻擋步伐的行進。走在積雪很深的路面時經常會使用這個動詞。

・It was exhausting having to **trudge** through the deep snow.

（要跋涉過厚重的積雪實在很累人。）

plod

plod 的步伐不僅沉重而且「**非常緩慢**
…非常緩慢…」。通常並不是外在環境的因
素，大都是由於疲倦或是心情不佳，反映
了內在的心理狀態。

· The weary tourists **plodded** along,
dreaming of a hot bath at their hotel.
（疲憊的旅客拖著沈重緩慢的步伐，夢想著在旅館洗個熱水澡。）

若提到 **plodder**，往往令人聯想到辛辛苦苦努力工作的人或是
孜孜不倦勤奮讀書的人。這種走路的步調就像是這群人的寫照，雖
然旁邊有活蹦亂跳的小朋友追趕過他，他還是以一貫沉重而緩慢的
步伐向前走。

tramp

走在彷彿沒有盡頭般漫長的路上，心
中升起些許厭煩的感覺。**走完一步又一步，**
前方還是漫無止境，腳步不禁緩慢沉重了
起來。

· We **tramped** across every field in
sight but didn't see a single fox.
（我們走遍了視線所及的原野，卻連一隻狐狸也沒看到。）

④

這段路真的「走」得很久，終於到了最後一站了。最後要介紹的是「走」的「其他」動詞。這個標題下得很籠統，請大家見諒。

march

當然，march 最為人熟知的意象是「行軍」，大家步伐一致地前進。這種英姿會令人聯想到「下定決心、英勇地向前邁進」，各位是否也感覺到了呢？

· I **marched** straight up to him and gave him a piece of my mind.（我鼓起勇氣走向他並對他表明心意。）

pace

我太太正在生小孩，我因為實在太緊張了，就在產房外「走來走去」。pace 就是這種感覺。

· The father-to-be **paced** up and down the waiting room, chain-smoking.

（這個準爸爸在等候室裏走來走去，煙一根接著一根。）

高視闊步、
趾高氣昂地
走

strut

　　請想像一下孔雀的樣子。高視闊步、趾高氣昂地，看起來是不是既**神氣又傲慢**呢？

- Look at the new whiz kid, **strutting** around like a peacock. （看看那個神童，走起路來像孔雀一樣神氣得很呢！）

sneak

　　sneak 的焦點放在偷偷地出入某個場所，「**設法不被發覺、不被看見**」。大概是正在做虧心事，為了怕被發現，所以偷偷摸摸地進出。或者，趁著別人沒看見迅速偷溜，也可以用 sneak。

- I managed to **sneak** out of her bedroom without being seen. （我設法偷偷地離開她的房間而不被發現。）

慢慢地

creep

　　creep 表示躡手躡腳地走，焦點放在「**盡量不發出聲音，緩慢地行進**」。盡量不發出聲音就是因為不想被發現。

- I hate it when you **creep** up on me like that. （我很討厭你這樣躡手躡腳地靠近我。）

stride

邁開步伐大步走。

- The 16-year-old boy **strode** up to the bar and ordered a pint.

（這個 16 歲的少年邁開步伐走向酒吧，點了一杯啤酒。）

上面的例句是不是給人一種「年紀雖小但意志堅決」的感覺呢。

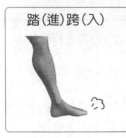
踏（進）跨（入）

step

向前跨進。

- Anybody wishing to volunteer, please **step** forward.

（志願者請上前來。）

接下來要介紹的是 rise 的伙伴──與「向上移動」相關的字。

ascend

　　「上升、登高」之意。這個動詞感覺較為「**艱澀**」，口語會話中不太使用。

- Lots of people **ascend** Mt. Fuji each year.（每年都有許多人攀登富士山。）

　　ascending order of difficulty 的用法也很常見，猜得出它的意思嗎？沒錯，就是困難度愈來愈高的意思。

arise

　　基本上 arise 與 rise 同義。不過，在「起床」「向上升起」等用法上，arise 顯得較為文言、貼近詩歌風格的感覺。所以，我們應該將重點放在「**發生、產生**」之意。大家看了左圖之後就能體會那種感覺。

- This has all **arisen** from a basic cultural misunderstanding.
（這一切都是由於文化上的誤解所引起的。）

soar

　　soar 這個動詞的意象**就像老鷹候地飛向天空，迅速向上竄昇的感覺。fast, sharp, powerful**，任誰也無法阻擋。

· The crime rate has **soared** over the last 6 months.

（犯罪率在過去 6 個月當中急速竄昇。）

boost

　　看了左圖應可理解其含意。車子沒電時用的電瓶導線就稱作 booster cable，因為它能提高電壓，使車子重新發動。此外，火箭推進器稱作 booster rocket 也是基於同樣的理由。

· I need this extra job to **boost** my income.

（我需要這份副業來增加我的收入。）

climb

　　主要的意象是「攀爬」，不過一般也用於「攀升」的情況下。

· The costs have **climbed** astronomically.

（成本大幅度地攀升。）

　　這個動詞本來就具有「**手腳並用地攀爬**」的語感。除了 climb into bed[a car] 之外，也有下面的用法：

· **Climb down** at once—it's dangerous up there.

（趕快下來，上面那裡很危險。）

反抗

上面分類的主題之所以大字印得較淡主要是因為這一部份是**免費奉送**的。與「向上」這個主題密切相關的諸多動詞中，還有一項重點必須特別說明。「向上」這個主題中，「站起來」的這個意象會特別令人容易聯想到「站起來面對…」。例如: It was brave of her to **stand** up to bullies.（她很勇敢地站起來對抗他人的欺侮）。當然，「向上」的代表性動詞 rise 也有 **rise** against the invaders（站起來對抗侵略者）等用法。

oppose

這個動詞是 opposite（對面的、對立的）的好朋友。表示二件事物不僅相對而且呈現 **against** 的關係。

· Most environmental groups **oppose** the new runway construction plan.

（大部分的環保團體都反對機場的新跑道建設計劃。）

明確地

protest

　　當對某件事物不滿時，**很明確地表明自己的立場與意見**。因此會有提出「請加以改善、改革！」這類要求的感覺。

· Chris's students **protested** about his overstrict grading.

（克里斯的學生們抗議他成績打得太嚴了。）

rebel

　　rebel 這個動詞具有 **I will not fol-low you!**（我不要聽你的！）的意象。通常反抗的對象為政府、雙親、上司等具有權威的人。提醒各位，對付隔壁有壞習慣的太太就不能用 rebel 這個字。

· Anyone would **rebel** if forced to work in such inhuman conditions.（被迫在這麼不人性化的環境下工作，任何人都會反抗的。）

revolt

　　revolt 這個動詞具有 **I will change you!**（我將改變你！）的意象，就是加諸力量使其改變。所以革命就稱作 **revolution**。

· Eventually, people are bound to **revolt** against any dictatorship.

（最終，人們一定會反抗獨裁政權的。）

介紹完「向上」之後，接下來當然要介紹「向下」囉!

descend

　　為 ascend 的反義詞，「**下降**」之意。一樣還是給人艱澀的印象，除了幾個慣用的說法之外，不太常用。

・Don't **descend** to their level—where's your pride?

（不要把自己貶低成和他們一樣，你的自尊到哪去了?）

plunge

　　噗通一聲掉到水裡的感覺。感覺很突然。**take the plunge**（冒險嘗試）為常見的用法。

・The pound **plunged** following the Prime Minister's resignation.

（首相辭職之後，英磅猛然下跌。）

plummet

為 soar 的反義詞，**就像老鷹從天上俯衝下來，垂直落下的感覺。**其下降的速度比前面的 plunge 更急。

- With the recession, sales of luxury goods have **plummeted**.

（因為景氣低迷，奢侈品的營業額直線滑落。）

sink

沈入水中。

- The Titanic **sank** along with almost all its passengers.

（鐵達尼號載著多數乘客一起沉入水中。）

因為是整個沉到水底去了，所以帶有左圖所呈現的感覺。各位是否體會出這個動詞的語感了呢？

- She **sank** into a deep depression.（她跌入鬱悶的深淵當中。）

掉落 ↓

drop

大家應該都知道 drop 這個字吧。drop 很廣泛地用來表示「下降、落下」之意，經常帶有「**很輕鬆、一點也不辛苦**」的語感。例如：**drop a line**（寫封短箋）、**drop in/by**（順路拜訪～）等就帶有「一點點」、「一晃眼」的感覺。其意象只要細想一下就會明白，東西碰地一聲掉落下來，當然不會太費力。

- I'll **drop in** on my way home.（我會在回家途中順道過去。）

　　歸類於「向前」這個主題的動詞並不光指方向的「向前」，也包含「進步、進展、發展」等正面的意義。就像我們常說「前途一片光明」是一樣的道理。請參照《自然學習英語動詞——基礎篇》advance。

progress

　　「前進、進行」之意。當然，progress一樣會令人聯想到「**進步、發展**」。

· Construction work is **progressing** in line with the schedule.

（工程按照計劃順利地進行。）

promote

　　promote 的含意雖是 push forward（向前推），但這個動詞帶有「**推向高處**」的意象。就是將其推到四周的人都看得清楚的位置。

· They'll surely **promote** you after this

brilliant success.

（事情如此圓滿成功，他們一定會把你升職的。）

　　續朝這個方向來思考，promote 具有宣傳、推銷商品這層意義
的理由就不用再多做說明了！就是「要讓大家看見」。

· Bon Jovi are busy **promoting** their new album.

（邦喬飛合唱團正忙著宣傳他們的新唱片。）

proceed

　　proceed 的意象也是「前進」的意思，
但是並不是只有前進而已。而是以 A → B
→ C 的型態，**一個階段一個階段地前進。**
所以，**process**（過程）、**procedure**（手
續）等名詞也具有相同的語感。

· Let's **proceed** as planned.

（我們就依照計劃進行下去吧！）

forward

　　forward 的意象也是 push forward。
但是並不像 promote 是「推向高處」，其
意象的焦點在於 **path**（路徑）。

· She'd do anything to **forward** her
own career.

（為了在事業上求得進步，她什麼都肯做。）

　　別忘了 forward 還有「**轉送**」的用法。轉送就是將送到舊住址
來的東西送到新住址去，把東西沿著 path 往前 push。果然還是有
path 的感覺，不是嗎？

· Please **forward** this message to John's new address.

（請將這封信件轉送至約翰的新住址。）

這類動詞的數量並不多。

retreat

最主要的意象即是「**軍隊的撤退**」。

· The soldiers **retreated** under heavy fire.（軍隊因敵方強大的火力而撤退。）

這個動詞也由「撤退」衍生出「**後退、躲避**」等一般性的用法，帶有為**避開危險、困難而向後退**的語感。

retire

這個動詞我們通常解釋成「**退休**」。其基本意象就是「**離開團體活動，回到私人的、安靜的場所**」，將工作辭去正展現出這種意象，不是嗎？

· He will **retire** in 2 years' time.
（他將於 2 年後退休。）

- I generally **retire** before 10 pm.（我通常在晚上 10 點前就寢。）
- She **retired** to her bedroom for some peace and quiet.
  （她躲到房間裡以求些安寧和平靜。）

　　中文的譯法雖然各有不同，不過其意象卻是共通的。

return

　　指「回到原來的地點或狀況」。

- When are you **returning** to Paris?
  （你何時要回巴黎？）
- He soon **returned** to his old ways despite his promises.
  （儘管有過承諾，但他很快地又故態復萌。）

載運

歸類於「載運」這個主題下的動詞都是 bring、carry 的伙伴。

cart

　　cart 的原意為「用運貨車運送」。因為會令人聯想到 **carthorse**（拉車的馬），故帶有「已經太多了！好累」的意象。馬拖車可是很累的。

- I've had enough of **carting** these bags around.

（我已經不想再運送這些袋子了。）

hump

　　「駝背、背部隆起的肉」。以外形來看的話，就是指「背負著又重又大的東西」。

- We spent all morning **humping** beds to the new ward.（我們花了一整個早上的時間將病床搬到新病房去。）

拖拉著

lug

　　luggage（手提行李）這個字大家應該不陌生。lug 這個動詞給人一種吃力地拖拉著重物的意象。當然，也有**辛苦**的感覺。

- I have to **lug** all this stuff up 3 flights of stairs!（我必須拖著這些東西爬 3 層樓。）

bear

　　bear 所搬運的東西很大喔! 其基本意象和 carry 一樣，都是「支撐著 [拿著] ＋搬運」。只不過，bear 這個動詞比起 carry 顯得較為生硬。如果將 I will **carry** your bag for you. 改成 *I will **bear** your bag for you. 的話就非常奇怪。

- Members of her family **bore** the coffin.（她的家人負責抬棺。）

　　順便向大家說明一下，bear 和 carry 一樣，其**基本意象中移動的意義有日漸淡薄的傾向**。

- Come down! There's no way that branch will **bear** your weight.

（快點下來! 樹枝沒辦法支撐你的重量。）

- This sketch **bears** Picasso's signature.

（這張素描上有畢卡索的親筆簽名。）

　　下面這個例句也一樣，就是樹木支撐著果實的意象。

- This tree always **bears** lots of apples.

（這棵樹上總是結了許多蘋果。）

上面這個例句中，雖然 bear 原本的意象只是單純地表示樹木「支撐著」蘋果，但有趣的是，它衍生出了樹木「produce」蘋果的語感。想必感覺敏銳的各位也已經察覺到了，沒錯，bear 衍生出「生小孩」的語感也是由此發展而來的。

- She has **borne** 3 children.

　（她已經生了 3 個小孩。）

- I was **born** in Singapore.（我是在新加坡出生的。）

　　這一章「表示移動的動詞」已經講完了一大半。接下來，我們再來探討幾個與移動有關的動詞群。

escape

　　是「逃跑」的代表動詞。隱含有 **break out & go**（突破重圍逃出）的感覺。

・ The robbers **escaped** just before the police arrived.（這群強盜在警察趕到前逃掉了。）

　　這個意象還可衍生出下面的用法。

・ Nothing **escapes** his attention.
（沒有任何事可以逃過他的眼睛。）

・ Radiation is **escaping** from the main reactor.
（輻射線從核子反應爐外洩。）

　　相信各位輕輕鬆鬆地就能理解 escape 的用法。

abscond

　　abscond 的基本意象與其說是 break &out，還不如說是與 **run away**（逃跑、離家）的含義更為接近。abscond 讓人有種「我再也不想待在這個地方了」的感覺，下面這種用法很常見。

· Two youths **absconded** from the detention centre last night.

（有兩個年輕人昨晚從拘留所逃出來了。）

bolt

　　請想像一下**閃電**閃了一下又倏地消失。相信各位一定很快地就能掌握這樣的感覺。沒錯，bolt「逃跑」的焦點就在於「**速度**」。有種一閃即逝，剛剛還在這裡，怎麼一轉眼就不見了的感覺。

· I **bolted** when I saw my dad take off his belt.

（我一看到父親將皮帶解下，就一溜煙地跑走了。）

flee

　　「危險！」是 flee 的焦點所在。就是逃避、逃離危險或恐懼。

· Thousands of refugees are **fleeing** the war-torn country.

（數以千計的難民逃離淪為戰場的祖國。）

液體

接下來要談的是液體的移動。

run

　　「水」呈「**線狀**」移動時也可以用 run 這個動詞，這一點我們已經在《自然學習英語動詞——基礎篇》中說明過了。

· Who left the tap **running**?

（是誰讓水龍頭開著任水流的?）

滴答　滴答

drip

　　drip, drop, drip, drop... 水滴滴答答往下流的感覺。

· Chris was **dripping** with sweat after his squash match.

（克里斯在回力球比賽後，汗流浹背。）

flow

　　表示「**流動**」。有種很順暢的、自然的、不停歇的感覺。

・The river **flows** into the Pacific Ocean.
（這條河川流入太平洋。）

　　flow 的流動不只是水、淚、血等液體的流動，也可適用於**各種事物的流動**，包括人、交通、資訊、感情等，就像中文裡也有「人潮流動」、「車流」…等各種用法。

嗚

ooze

　　不斷地滲出、冒出黏液等的感覺。我都一大把年紀了，前一陣子還跑去參加足球比賽，結果不小心跌了一跤擦傷了，連續兩個星期傷口一直不斷地滲出血水，一碰就好痛，這就是 ooze 的感覺。

・Pus **oozed** out of the wound on his knee.
（他膝蓋上的傷口不斷地流膿。）

　　ooze 還有一個有趣的用法。下面的句子是下班後一起去喝酒時 Chris 說的話。

・Hiroto, look at her. She **oozes** sex-appeal.
（泰斗，你看！她渾身散發出性感魅力。）

　　人各有所好，對我而言,她看起來就像是一隻奶油烤螃蟹而已。

leak

漏出。**有破洞或裂縫。**

· Oh, no! The water tank is **leaking**.

（哎呀！水槽在漏水。）

當然，秘密或消息的走漏也可以用 leak 這個動詞。

seep

微量地滲出。

· Oil was **seeping** out of the drum.

（油桶中滲出少許的汽油。）

開始

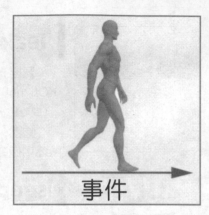

事件

　　接下來我們來看看事件在進行過程中的「移動」動詞，亦即，由「開始」到「結束」的移動。首先，先來探討「開始」的動詞。

碰！

begin

　　首先就從「開始」最具代表性的動詞開始說明。begin 這個動詞的焦點在於「點」。有碰地一聲放在「起始點」的感覺。

· Let's **begin** at the very beinning.
　（讓我們從最初的地方開始進行吧！）

start

　　start 則是會令人感覺到其後續的活動、發展的動詞。當然，許多情況下 begin 和 start 是可以通用的，不必刻意去區分這兩個字，也不需要太過敏感。不過，還是請各位看看下面這兩個例句。

· Who **started** (***began**) the rumor?（是誰開始散播這個謠言的?）
· He's decided to **start** (***begin**) a business.（他決定開始做生意。）

謠言慢慢地傳開，生意漸漸地展開…各位是否能從中感受到事情正一步一步地向前發展呢？在這種帶有進展的狀況下，動詞只能用 start 而不能用 begin。

最初的第一步

initiate

　　大家都認識 initial（最初的）吧！動詞 initiate 的基本意象就是「**開始的第一步**」。

· She **initiated** numerous projects for AIDS sufferers.

（她開始為愛滋病患者推動為數眾多的計劃。）

　　有些部落會為孩子在成人時舉行刺青儀式，稱之為 **initiation**。因為這種儀式是象徵成為大人的第一步。

典禮

我已經愈來愈懶得畫圖了

inaugurate

　　這個動詞的意象焦點放在「**典禮**」，伴隨著典禮的舉行而開始。總統「上任」也是用這個動詞，因為典禮宣告了開始。

· When are they going to **inaugurate** the new Opera House?

（新的歌劇院何時將落成啟用？）

COMMENCE

commence

· Let the games **commence**!

（〔開幕典禮上〕比賽正式開始！）

　　這個動詞的用法非常正式，因此，若說成 *I commenced to work. 是**相當怪異**的。

pioneer

　　pioneer 當名詞使用時指「拓荒者、先驅」，所以當動詞使用時的意象是「**開拓出新的道路**」。之後會有許多人依循開拓者的足跡前行，但是，開拓者前方的道路卻是艱辛難行的，必須克服重重困難才行。

• A British zoologist **pioneered** organ transplants in the 40s.

（一位英國的動物學家在 40 年代便開始了器官移植手術。）

launch

　　原本是指大型船艦的**下水**，或是**發射**大砲、飛彈等，後來漸漸被使用於「開始」舉辦活動或是發售新商品。這個動詞的焦點在於「**氣勢恢弘**」，其意象就好比軍樂隊演奏般地華麗。

• The new Jaguar was **launched** in a blaze of publicity.

（這輛新款 Jaguar 車在大肆宣傳之下推出。）

originate

　　originate 意象的焦點為「**起源**」，會令人感覺到有某種新事物被創造出來。若與 **origin**（起源）、**original**（獨創的）這兩個字聯想在一起的話，應該就能體會出這個動詞的感覺了。

• It was Mary Quant who **originated** the design of the miniskirt in the 60s.（Mary Quant 在 60 年代設計出迷你裙。）

found

　　名詞為 **foundation**（基礎、基座）。**其意象的焦點在於「基座」**。「開始」某種具影響力的事物，例如設立博物館、美術館、醫院等公共機構時便會使用這個動詞。一個規模龐大的計劃當然得建立在穩固的「基座」上。

· The mormon church was **founded** by Joseph Smith in 1830.
（摩門教會是由 Joseph Smith 在 1830 年創設的。）

institute

彌補不足或缺陷

　　通常「開始」制定新的**法規或法律**時，常會用 institute 這個動詞，其意象的焦點在於「**必要性**」。因為犯罪率不斷升高，因而開始制定新法規；因為教育成效日漸低落，所以開始採用新教育體制等。

· A new law has been **instituted** to combat drug trafficking.
（為了打擊非法的毒品交易而制定新法。）

　　由此衍生出「遵循法律開始～」的意義。

· Sarah is **instituting** divorce proceedings against her husband.
（莎拉已經開始著手辦理離婚手續。）

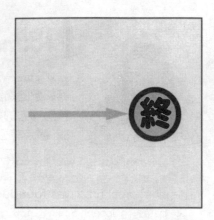

　　介紹完「開始」，接著就來介紹「結束」。就是事件進行到最後的結束點。

end

　　就是「**終點**」。請各位回想一下之前對 begin 和 start 之間差異的說明，和 begin 一樣，end 也是將焦點放在相應的「**點**」上。將之前一直持續進行的事碰的一聲畫下「終點」的感覺。

- Jordan **ended** his outstanding career with yet another victory in the NBA finals.

（喬丹以 NBA 冠軍決賽的光榮勝利為他傑出的職籃生涯畫下休止符。）

finish

　　finish 在許多情況下是可以與 end 通用的。與 start 一樣，finish 也是將焦點放在**活動、發展**上。

- I want to **finish** (*end) decorating the

bedroom by this evening.

（我想在今晚以前完成房間的佈置。）

· Have you **finished** (***ended**) that report?

（你已經完成那份報告了嗎?）

　　上面這兩個例句並不是將事情碰的一聲畫下終點, 句子中帶有某種動作（佈置、報告）的感覺, 我們可以感受到將這些動作結束的過程。因此, 這裏要用 finish 而不能用 end。

　　雖然解釋得很細微, 但各位也不需要太過於敏感, 只要記住 finish 和 end 有這種差異, 就可以漸漸培養出和以英語為母語的人一樣的語感了。

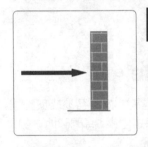

terminate

　　請想像這裡有一道牆壁, 這是**一道表示「到此結束」的牆壁**。各位應該都知道 **bus terminus** 表示公車終點站吧, 這不也是告訴我們「公車開到這裡為止」嗎? 沒錯, terminate 正是這種語感。

· The two countries **terminated** friendly relations.

（這兩個國家結束了友好關係。）

· Our tour **terminates** here.（我們的旅行就在這裡結束。）

　　你們看, 就像有一道牆把一切都終止了。電影 _The Terminator_（魔鬼終結者）也是一樣, 好比在對方面前豎立一道牆宣告其生命旅程的結束。

· The CIA has assigned a special agent to **terminate** the terrorist leader.

（美國中情局已經選派了一名特務前去結束恐怖份子領袖的生命。）

complete

請想像這裡有**一個容器**，把它注滿水就是你應該做的事。在容器當中不斷地注入水…好了，滿了，你應該做的事已經全部做完了。這就是 complete 的意象。當然，如果要做的事情這麼簡單的話，是不需要用到這個動詞的。當一件事情相當複雜，需要花費許多時間或勞力的時候才會用到這個動詞。

· We managed to **complete** the sale of the house in only 2 months.

（我們設法在短短兩個月之內將房子賣掉。）

conclude

你正在整理房間，好不容易終於整理好了，你從房間裡走出來，將門砰地一關，「總算大功告成了」。

conclude 這個動詞給人一種**「事情告一段落」**的感覺。各位在寫論文的時候，最後都會寫 **conclusion**（結論）吧，這表示論文到此告一段落；**concluding remarks**（結語）也是一樣，說完之後就表示結束了。相信各位已經漸漸能夠掌握這個動詞的語感了，下面這個例句也是基於同樣的道理。

· From all this evidence, I can only **conclude** that he is innocent.

（從所有證據來看，我只能下一個結論：他是無罪的。）

這個句子有經過深思熟慮之後，最後提出結論，這件案子就告一段落了的意思。很容易了解吧！

放置

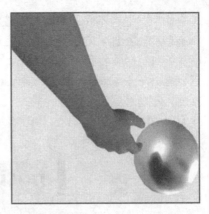

　　接下來要談論的是 put 這一類的動詞，就是「移動」物品，將物品放置到某處。講完這一部分之後，本章就到此結束。

place

　　place 並不像 put 一樣，只是單純地表示「放置」。place 的動作裡**可以感受到意圖與目的**。為了某種目的而將東西正確地放置於某處。

・**Place** the dish on the top shelf of the oven.（將盤子放在烤箱最上面那一層。）

　　你們看，place 並不是隨便放在哪裡就可以的。如果放的太下面，火候不夠，可能會烤不熟。我們可以從上面這個例句中嗅到這樣的語感。

・He **placed** his hand over my mouth.（他用手遮住我的嘴巴。）

　　看吧，這可不是碰巧將手放到對方的嘴巴上喔！各位是否已經感受到要讓對方住嘴的意圖了呢。那麼，接下來就出個問題考考各位。下面這個例句是什麼意思呢？

・He **placed** a wad of money in my hand.

當然，這也不光是單純的「放置」。我們可以感受到這個動作帶有目的。依上下文的關係可能會有「他確實把錢交給我了」、「一個人在外，他要我自己小心一點」等不同的目的，不是嗎？最後，我們再介紹一個例句，相信大家已經能夠完全體會，我就不再浪費版面多加解釋了。

- Tom **placed** the ball on the penalty spot.

（湯姆將球放在罰球點上。）

稍微靠右一點，再往左 3 公分，不是這樣啦，再往右一點點。

position

　　position 當名詞解釋時是「位置」，所以當動詞解釋時，焦點還是放在位置的正確性上。動詞的 position 會讓人感受到**物品擺放到正確位置之前的調整，例如「稍微靠右一點…再靠左一點點…」這樣的動作。**

- You must **position** the speakers at least 2 metres apart.

（你得把擴音機分開擺放至少 2 公尺遠。）

- He has **positioned** himself so that he can have a clear view of the entrance.（他已經站到一個可以清楚看見入口的地方。）

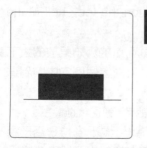

lay

　　lay 這個動詞雖然也是放置，但還含有「**橫放**」(flat) 的語感。

- She gently **laid** the baby in the cot.

（她輕柔地將寶寶放到嬰兒床上。）

　　因為小寶寶還不會站，所以用 lay 這個動詞。此外，砌磚塊 (lay bricks)、鋪地毯 (lay carpet) 等用法也含有橫放 (flat) 在那裡的語感。

set down

　　set down 這個動詞的焦點為「**不容易搬運**」。有可能是因為過重，也有可能是因為形狀不方便搬運的緣故。

· **Set** the sofa **down** next to the window.
　（把沙發擺放到窗戶旁。）

deposit

　　這個動詞很簡單！ 就是**交付給某人「保管」**的意思。

· Please **deposit** room keys in the box at reception.
　（請將房間鑰匙寄放在櫃台的箱子裡。）

· I'd like to **deposit** 1 million NT dollars into my account.
　（我想要在我的帳戶裡存進一百萬臺幣。）

install

　　就是「make...ready for use」。安裝、拉線、調整，或是將軟體安裝到電腦裡，使其能夠立即使用就是 install。

· Jim **installed** the new dishwasher himself but then it flooded the kitchen.（吉姆自己安裝新的洗碗機，結果搞得廚房淹水。）

replace

　　這個動詞的意象由字的組成即可看出，就是 **re + place** 的意思。

- **Replace** the cassette recorder in the cupboard after use.（錄音機使用完畢後請放回壁櫥裡。）

　　由此意象還可衍生出「更換」之意。也就是將已經變舊的物品拿掉，將新的物品重新 place 在該處。

- You need to **replace** the batteries—they are dead.
  （你需要更換電池──這些電池已經沒電了。）
- You'll be very difficult to **replace** when you leave.
  （如果你離開的話，會很難找到另一個人來替代你。）

第 2 章

表示**變化**的**動詞**

變好	ameliorate / enhance / polish / refine / modernize / recover / recuperate
變壞	deteriorate / rot / decay / degenerate
增加	amplify / maximize / intensify / swell / inflate / accumulate / proliferate / multiply / snowball / escalate
減少	curtail / reduce / diminish / slash / dwindle / shrink
其他	convert / modify / fluctuate / adapt / adjust / alter / amend / vary / coustomize / shift / revise

表示變化的動詞

　　想必各位對於本書的編寫方式已經很習慣了。或許有讀者會不禁感嘆:「哇! 真的每一個動詞都有不同的『面貌』呢!」,如果藉由本書能夠幫助各位對英語動詞產生新的領悟, 筆者將深感欣慰。

　　接下來這一章我們將介紹「表示變化的動詞」。雖然統稱為表示「變化」的動詞,其實內容還是包羅萬象的。我們將特別針對其中較常見的幾個部分來解說,例如「變好」、「變壞」等與品質相關的變化, 以及「增加」、「減少」等與數量相關的變化。

首先我們就來介紹朝「好」的方向的變化。

這個字不常使用喔！為什麼要學？我怎麼會知道。

| ameliorate

　　a**melior**ate 當中以粗體顯示的部份在拉丁文裡表示 better，由此衍生出「變好」的意思。但這個動詞十分生硬，所以**幾乎不太使用**。一定有讀者忍不住想問：「那麼，你為什麼還要在書中介紹這個動詞呢?」…嗯，這個嘛…只能說我走火入魔了吧！順便告訴你，西班牙文的 mejor、法文的 meilleur、義大利文的 millor 等，全都表示 better 的意思。

enhance

指將某些事物原本就具有的特質或優點更加提昇，使其價值提高或更具吸引力。

- A good red wine **enhances** the taste of good cheese, and vice-versa.

（好的紅酒可以為好的起司提味，反之亦然。）

polish

polish 就是「**擦亮**」的意思。除了可以用在瓷器等的擦拭之外，重要的是還可以比喻為「琢磨」之意。

- Her technique needs **polishing**, but she's a promising cellist.

（她的演奏技巧還需要多加琢磨，但是個前途不可限量的大提琴家。）

　　上面這個例句中，她的演奏**已經在水準之上**，即使不加以琢磨也已經很傑出了。polish 是對原本具有的能力賦予更多的 final shine、touch of class。是不是可以體會這種感覺呢？

沒有任何汙點

refine

refine 是由 re+fine 所組成，指**將原本混有雜質的物質精製成 fine 的狀態**。例如：從含有許多雜質的金礦中提煉出純金；讓原本行為粗野的人接受教育、學習禮儀，成為 refined person、gentleman 的意思。

- He'll need to **refine** his language if he wishes to make it to the top.（如果他希望出人頭地，就必須在言談用語上多加琢磨。）

modernize

modernize 指「使其現代化、使其達到現今的水準」，這裡的「現代」隱含有「好」的語感。

· It's about time they **modernized** the office equipment.

（該是他們更新辦公室設備的時候了。）

recover

recover 雖然是朝向「好」的方向變化，但是僅限於回復到原本的水準而已。帶有「重新獲得、恢復原狀」的感覺。

· He'll need time to **recover** from such a shock.（他需要時間從打擊中平復回來。）

· Seles seems to have **recovered** her competitive spirit.

（賽列絲似乎已經恢復昔日的鬥志了。）

recuperate

這個動詞和 recover 一樣，指「回到原本的水準」。不過，它的用法並沒有那麼廣泛。只限於用在「健康狀態」、「金錢」等情況下。

· My mother is **recuperating** at our house after her operation.（母親手術後待在我們家靜養。）

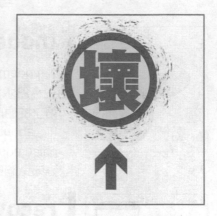

介紹完了「變好」，當然，接下來要介紹「變壞」。

這個字比較常用。為什麼？天曉得！

deteriorate

　　這個動詞是 ameliorate 的相反詞，用以表示各種情況的「惡化」。令人感到奇怪的是，這個動詞使用率比 ameliorate 還頻繁。你可能忍不住會問：「咦! 為什麼?」。我也不知道為什麼。

・The situation in Algeria is **deteriorating** by the minute.
（阿爾及利亞的局勢愈來愈惡化。）

rot/decay

　　指「東西漸漸腐爛了」。rot 給人的感覺是整個都變質了，發出陣陣惡臭。decay 的感覺則是慢慢一點一滴地變了質。

・The protesting farmers left tons of vegetables to **rot** in the street.
（抗議的農民們將好幾噸的蔬菜棄置在道路上任它腐敗。）

順便告訴大家，常見的「蛀牙」就是用 **a decayed tooth**。

- "Your teeth will **decay** if you eat too much sweets." "I know, but I've got."

（「你吃太多甜食會蛀牙喔！」「我知道呀！可是我早就有蛀牙了！」）

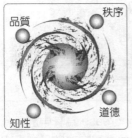

degenerate

　　在《自然學習英語動詞——基礎篇》中，我們介紹過 generate 的意象是「咕嚕咕嚕」，鍋子裡的東西不斷咕嚕咕嚕地流出，好像源源不絕的感覺。而 degenerate 的意象正好與其相反，就像是一個之前已經整合在一起的事物向四方散去、日漸崩壞的感覺。逐漸失去品質、秩序、道德、知性…而變成衰敗、墮落的狀態。當名詞時就指失去道德觀的墮落者。

- The meeting **degenerated** into chaos.

（這場會議最後變得一團亂。）

增加

　　「增加」的變化也有各種不同的類型。increase 為其中最具代表性的動詞，以下所要介紹的「增加」動詞並未限定於數量或是大小等方面，各種事物都可以用不同的方式來增加。請各位注意各個動詞的語感。

amplify

　　帶團旅遊時常用的「擴音器」就是用 **amplifier** 這個字，因為它使聲音擴大了。increase 增加的意象是「直線的」，相較於此，amplify 增加的意象則是「**四面八方**」。

・We can easily **amplify** the sound to reach any size of audience.

（不管有多少聽眾，我們都可以輕易地將聲音擴大。）

・The problem was **amplified** by his lack of cultural awareness.

（由於他欠缺文化意識使得問題不斷擴大。）

maximize

就是「**最大化**」。為 maximum 的伙伴。很簡單吧!

· Having an Oxbridge degree will certainly **maximize** your chances of getting a top job. （如果擁有牛津大學或是劍橋大學的文憑，必定會大大增加你謀得好職位的機會。）

intensify

intense 是「劇烈的、強烈的」之意，其強度的秘密在於「**集中於一點**」。就好比疼痛、憎恨集中在某一點的感覺，所以 intense pain 是劇痛, intense hatred 是激烈的仇恨。intensify 為其動詞，就是「加強、使變強烈」之意，大家了解這樣的意象嗎? 就是施加力量使某物集中在一起，變得更具威力。

· We must **intensify** our efforts to wipe out drug abuse.

（為了掃除毒品濫用，我們必須更加努力。）

還有不要忘了這個動詞的伙伴 **intensive** 也帶有「**集中於一點**」的含意，例如 intensive care 就是「加護病房的特別護理」。你們看，是不是感受到它的語感了呢? 希望各位讀者在學習英文時也能夠 intensive。

swell

這個動詞可簡單多了！就是「**腫起來**」的意思。被蚊蟲叮咬或是腳扭到腫起來都可以用這個動詞。

· Chris's knee is **swelling** up badly.

（克里斯的膝蓋腫得很嚴重。）

當然，這個動詞也會令人聯想到「**增加**」，中文裡不是也有「人口膨脹」這樣的說法。

· The crowd has **swollen** considerably over the last hour or so.

（群眾人數在剛才大約一個小時內增加得相當快。）

呼…
呼…

inflate

inflate 的意象就是「**呼呼地吹著汽球**」。

· I bought this gadget that **inflates** the mattress using the car battery.

（我買了一個小裝置，可以用汽車電池把床墊充氣。）

此外，還有一個很有趣的用法。

· The latest crime figures quoted in the press were grossly **inflated**.

（報紙中所引述最近的犯罪件數全都被誇大了。）

意指「內容誇大不實」之意，因為裡面都是空氣，沒什麼內容。還要順便告訴大家，「通貨膨脹」（**inflation**）也是這個動詞的衍生字，不要忘了喔。

accumulate

　　「累積、積聚」之意。就是漸漸地累積上去的感覺。

- If you **accumulate** enough points you get a free gift.（如果你集滿足夠的點數，可以得到免費的禮物。）

proliferate

　　突然間「一口氣激增」的感覺。就像左圖所顯示的狀態一樣，突然間全都冒了出來。

- Enviromental groups have **proliferated** over the last 15 years.

（在過去的 15 年內環保團體急速地增加。）

multiply

　　3×6=18 用英文要怎麼說？ 就是 3 multiplied by 6 is 18... 沒錯吧。因為是相乘，所以當然和「增加」大有關係囉！ 雖然，理論上也會有乘上 1/2 而減少的狀況發生，不過，這種情形我們就不要細究了。

我們只要記住這個動詞的焦點在於 **factor**（因素），其增加會不斷地受到 factor 的影響就夠了。

- My chances of promotion have **multiplied** severalfold with this merger.

（這次的公司合併使得我升遷的機會增加了好幾倍。）

snowball

　　指「**滾雪球般地增大**」。和中文不同的是，這個動詞並不限於借款等負面的事物。

・ Problems began to **snowball** and finally we went bankrupt.

（問題像滾雪球般不斷地擴大，最後我們宣告破產。）

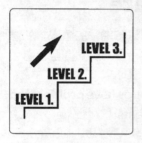

escalate

　　百貨公司裡常見的手扶梯就稱作 escalator，只要站在上面便會一直往上升。動詞 escalate 也具有逐漸往上升的意象，並且帶有「**水準愈來愈高**」的感覺。

・ Be careful or this situation could **escalate** into a full-blown crisis.

（小心一點，否則情況可能會變得很糟。）

緊接在「增加」之後當然就是「減少」。

curtail

　　這個動詞的主要意象為 cut short（縮短）。「Chris! tail 不就是尾巴嗎？把尾巴切掉所以才會『縮短』，是這樣嗎？」「我實在不想回答這個問題…這根本是兩碼子事，一點邊也扯不上」。

· It's not unusual for politicians to have to **curtail** their holidays.（政治人物必須縮短休假是常有的事。）

reduce

　　在表示減少的動詞當中，使用頻率最高的就是 reduce 了。不論是量也好，尺寸也好，價格也好，全都可以用這個動詞來表示「減少」。由字根 re- 就可以了解，其基本意象一定和「後面」有關。就是「隨著氣勢越來越小，腳步也漸漸往後退」的感覺，而尺寸也跟著越變

越小。

- All airlines **reduce** the price of their tickets in the off-season.

（淡季時所有航空公司都會調降機票的票價。）

　　reduce 也有以下這種有趣的用法，各位是否可以體會出其中的意象呢？

- The teacher's sarcastic remarks **reduced** Helen to tears.

（這位老師尖酸刻薄的批評把海倫弄哭了。）

diminish

　　這個動詞雖然語感比較生硬，卻蠻常用來表現各式各樣的「減少」。其意象的焦點在於「變小」，給人一個大的東西因為被一點一點地撕去而越來越小的感覺。

- Our inheritance **diminished** considerably after paying all the taxes.

（稅金全部繳完後遺產就所剩無幾了。）

slash

　　slash 就是「揮刀砍下」之意，由於這個動作帶有**很大的衝擊性**，所以也常用於「毅然決然地大幅削減價格」的情形。

- **MAC PRICES SLASHED BY UP TO 60%!!**（雨衣的價格削減至四折起。）

dwindle

　　這個動詞的意象是「每況愈下」。就是「狀況越來越差，以致越變越小…最後只好結束」的感覺。

· I'm afraid our soccer club has **dwindled** to just 10 members.

（恐怕我們的足球俱樂部已漸漸縮小到只剩下 10 個人。）

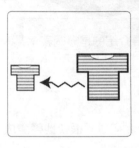

shrink

　　指「尺寸縮小了」。

· Oh, no! But I was told it wouldn't **shrink** in the wash.

（喔! 我的天哪! 不是說這洗了不會縮水的嗎?）

· NATO's influence is **shrinking** day by day.（北大西洋公約組織的影響力日漸縮小。）

　　有趣的是 shrink 的用法與中文相差無幾。shrink (up) with cold 的意思就是「因寒冷而縮成一團」。除此之外，shrink 亦可衍生出「退縮」的意思。

· Our boss is the last person to **shrink** from a tough challenge.

（我們上司是不懼任何困難挑戰的男人。）

這樣的語感應該不難理解吧!

　　表示變化的動詞即將進入尾聲，最後要介紹的是幾個表示「其他變化」的動詞。

我對太太說：「我的Corolla已經跑了15萬公里，我想換部新車。」她告訴我：「再跑15萬公里再說吧！」

convert

　　convert 指事物可以「**很快地轉變成其他用途**」。

・A sofabed is a sofa that **converts** into a bed, stupid.

（沙發床就是可以變成床的沙發。笨蛋!）

　　相關字 **converter** 就是可以將交流電改成直流電的整流器。**convertible** 則是指汽車有活動摺篷的，唰一下! 車頂就可以收起來變成敞篷車。你們看，是不是都有很快地就轉變用途的意思呢。

海濱專用

modify

　　modify 這個動詞並不像 convert 是將整個全部轉換成其他用途，它是「**配合某種目的而作部分修改**」之意。而且也不像我們待會兒要介紹的 amend，帶有「為

了改善某種問題才去修正」的含意。由於 modify 和 mode（做法、方式）有很密切的關係，所以這個動詞的焦點放在「配合某種目的」。因為這個動詞較為生硬了一點，所以很適合用在變更機械規格等比較艱澀的句子中。舉例來說，以前飆車族漫畫中的主角常常會這麼說：「哈哈哈…沒有人可以追上我改裝後的 Z 型車」，此時，對方也會冷笑三聲，「嘿嘿嘿…其實我也改裝了我的 Carrera」。這可是 modify「正確的用法」喔！

　　寫到這裡，我突然想起一件有趣的事，這是我還是學生時發生的真人真事。當時我住在學生宿舍裡，某天有一輛 Fairlady Z 擋在宿舍入口，舍監伯伯就利用宿舍內廣播說道：「停在門口的 Fairlady 乙 趕快開走」，真是令人啼笑皆非。

- The car was **modified** according to the results of the exhaustive tests.（根據詳細的測試結果顯示，這輛車子曾被改裝過。）

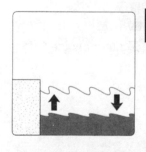

fluctuate

　　指價格和數值就像「**潮水一會兒漲上來，一會兒退下去**」一般，不斷地變動。
- The yen-dollar rate has been **fluctuating** wildly recently.
（最近日幣匯率變動的很激烈。）

adapt

　　這個動詞中帶有 apt（恰當的、貼切的）的含意，所以，adapt 有「**改變自己使適應、適合某種狀況**」之意。
- It's diffuicult to **adapt** to life in a foreign country.
（適應國外生活不是件容易的事。）

可以調整

adjust

　　這個動詞光看結構應該就能猜出其含意。adjust 的一部份是由 just 構成，所以帶有「把它弄到剛剛好」的含意。最常用於微妙變化等的「調整」。

・You can **adjust** the brightness, volume etc. with the remote control.

（你可以用遙控器調整亮度、音量等。）

alter

　　alter 的重點在於「另外的 (other)」，就是「變成另外的樣子」。這麼一來，大家所熟悉的 **alternative**（替代方案）也能夠輕易地理解了，就是 other choice 的意思嘛！

・The wig completely **altered** his appearance.

（假髮使他的外貌全然改觀。）

amend

　　amend 指為了改善錯誤或問題而做的修正。從這個動詞裡含有 **mend**（改過、改善）便可以察知其意。因為是改善，所以絕對不是大規模的改變，而是小小的「修正」。

・The rules were **amended** to allow temporary members.

（規則已經修正為也可以接受臨時會員。）

有各種不同
的樣子

vary

　　各位應該都知道 variety 這個字吧，就是「多樣化、變化」的意思。而形容詞 various 也是指「形形色色的、五花八門的」的意思。vary 也是這些字的伙伴，並不是指在一項事物上做修正或變更使其富有變化，而是指「**有各種不同的種類、變化多端**」之意。

・Opinions **vary** as to who is the best player.
（關於誰才是最優秀的選手，大家的意見相當分歧。）

　　你們看，這個提出意見，那個也提出意見，每個人的意見都不一樣。是不是形形色色、各有不同呢! 請各位再看看下面的例句。

・The quality in this shop **varies** considerably, so choose carefully.（這家店商品的品質參差不齊，選購時要謹慎小心。）

我的電腦設定成不收三民書局
的e-mail

customize

　　指為了**讓自己使用方便而「改變」**。這個字常常出現在電腦的說明書當中。

・We **customize** courses to suit each individual client's need.（我們為顧客改變課程設計以適合每一位的個別需求。）

嗯

滑溜溜地移動

shift

　　shift 的用法相當通俗，不太正式，且含有 move 的意思，請看下面的例句。

・**Shift** yourself! There's work to be done.（快動起來! 還有工作要做呢!）

shift 也因「地點的移動」而衍生出「改變」的含意。因為某種原因而使得立場**悄然地改變**。

- The principal's opinion has **shifted** away from corporal punishment.（校長對於體罰變成採取反對的立場。）

　　可能是由於家長的反對，或是迫於最近的輿論聲浪，不得不改變為持反對立場…。

revise

　　各位都知道字根 re- 是「再次、重新」的意思，帶有「因為重新檢討而改觀」的含意，所以 revise 是「**改變原有的想法或意見**」，其中並帶有**參考新資訊、他人的看法後而改變想法**的語感。

- We must **revise** our plans in the light of recent developments. （考量近來的發展情形，我們必須改變當初的計劃。）

　　還有一種典型的用法是「修改」原稿。就是用全新的角度重新檢討稿子的內容，將不好或錯誤之處加以修正之意，和基本意象吻合。

第 **3** 章

表示**靜態**的**動詞**

擁有	own / possess / belong
保持	keep / save / store / retain / hold
停留	stay / stay put / remain / wait / stand by
居住	live / reside / inhabit / settle / squat
包含	include / contain / incorporate / cover / embrace
停止	stop / halt / freeze / cease / quit / discontinue / rest
相同	equal / agree / coincide / correspond / match / tally
相異	differ / vary / contrast / disagree / conflict

表示靜態的動詞

　　本章將介紹「表示靜止狀態的動詞」。
說明「擁有」、「保持」、「停留」、「居住」、
「包含」、「停止」、「相同」、「相異」等具
有靜態語感的動詞群。

擁有

首先就從與 have 意義相近的動詞開始說明吧!

「老婆,我想買台車!」
「不行。」
「可是隔壁先生能力比我還差,都買了一輛賓士耶。」
「人家家裡有土地,雖然能力差,但有錢的很。」
「可是你看TOYOTA又推出新車款了耶。」
「我說不行就是不行。」

own

大家都知道 **owner 就是所有者**。own 這個動詞有好像把名字簽在物品上面的感覺。

· Who **owns** the white Mercedes parked outside?

（停在外面那輛白色賓士車是誰的?）

own 不只適用於物品,也適用於人的場合。例如夫妻吵架時,太太對先生說:

· You don't **own** me!

大家可以想像出說這句話時的情景嗎?

possess

　　和 have 或 own 等動詞相較，possess 的感覺較為生硬。雖然只是非常細微的語感，但 possess 帶有一種「**緊密感**」。請看左邊的插圖。這可不是單純的 have 而已，而有「**緊緊抱在胸前**」的感覺（當然也不限於緊緊抱在胸前的情況。這裏只不過是在談「意象」）。

　　凡是貴重的、不可或缺的（亦即重要的），或是跟法律有關的事物等，使用這個動詞都很貼切。請看下面的例句。

- She gave all the money she **possessed** to the poor.
  （她將自己所有的財產捐給窮人。）
- They don't even **possess** a heater.
  （他們甚至沒有暖氣。）
- They were found guilty of **possessing** 3 kilos of hashish.
  （他們因私藏 3 公斤的大麻麻醉劑而被判有罪。）

　　是不是有種頓時領悟的感覺呢？與 possess 的語感最貼近的感覺就是「別放手喔!」、「放手就糟了!」，亦即「緊緊抱在胸前」的感覺。到這裏都沒有問題吧？

　　那麼，我們再來看下面的例句。知道什麼意思嗎？

- He came after me like a man **possessed**.

　　「他好像中邪一般向我襲擊」。這是指被惡魔或幽靈纏身、附體。想必觀察入微的讀者已經知道這個動詞為何具有這種意思了吧？ 沒錯，因為惡魔將他緊緊的「抓住」。

　　好吧! 接下來看看最後一個例句。possess 所具有的「緊密感」也會出現在下面這樣的例句中。

- Mozart **possessed** unbelievable musical talent.
  （莫札特擁有驚人的音樂天份。）

才能等天賦當然會「緊緊的」附在身上，沒有那麼容易失去，不是嗎？相信以大家的程度一定可以懂的。

非常適合

belong

· These golf clubs **belong** to Hiroto.
（這些高爾夫球桿是 Hiroto 的。）

· She **belongs** to the same sports club as my wife.
（她和我太太是同一個運動俱樂部的會員。）

大家是不是都只一味死記「belong= 屬於」呢？這樣一來，就無法隨心所欲地使用這個單字。例如：大家能夠自然寫出下面的句子嗎？

· I don't feel **belong** here.
（我覺得這裡不太適合我，渾身不對勁。）

belong 的意象就是 jigsaw puzzle（拼圖）。亦即「**有正合適的場所**」。高爾夫球桿非常適合 Hiroto，她非常適合運動俱樂部，置身於其中覺得很自在、很適合。這樣的解釋很簡單了，不是嗎？

以下要介紹的是維持現況的動詞群，這些動詞都具有和 have 類似的意象。

保持原狀

KEEP

keep 為「保持」之意最具代表性的動詞，指保持某種狀態。

- **Keep** calm.（保持冷靜。）
- Make sure you **keep** warm and dry.
  （確認你有保持溫暖及乾燥。）
- The crowd **kept** silent as Diana's coffin went passed.
  （群眾在黛安娜王妃的靈柩通過時保持一片肅靜。）

keep 亦可用在**狀態**的「**保持**」喔!

- Sorry to have **kept** 〈you waiting〉.（很抱歉讓你久等了。）
- They **kept** 〈**talking**〉 all night.（他們談了一整個晚上。）
- She prayed God to **keep** 〈her children from disease〉.
  （她祈求上天讓她的孩子遠離疾病。）
- **Keep** 〈off the grass〉.（請勿踐踏草坪。）

以上每一個例句都是 keep〈〉內的狀態，亦即〈you waiting〉（你等待）的狀態、〈talking〉（正在說話）的狀態、〈her children from disease〉（她的孩子遠離疾病）的狀態。

維持原狀

如果本書只介紹到這裡，那就沒有購買的必要了，這樣程度的說明在任何一本字典裡都找得到。大家接下來可以看見，keep 會由原本的「保持」之意，衍生出另一層獨特的意象。

keep 的另一層意義就是 **care**（照料）。去「保持」任何事物都絕不容易。請大家想想汽車的 **maintenance**（保養），如果只是將車子放在某處，車子很快就會銹蝕。因此需要經常打蠟、補充電瓶水⋯，必須要非常注意和付出很多的心力去維護。由此 keep 也衍生出**為了不失去，不損壞（保持原狀）而去注意與努力的意象。**這種意象的衍生並不奇怪。例如，maintain 也同時具有「持續」和「維護」的兩層意思，再看看下面的例句。

• Her father **kept** a chemist's[dogs].（她父親開了一家藥房 [養狗]）

大家可以了解這句話所傳達的意思嗎？和單純地使用 run 或 have 相比，動詞用 keep 的句子更帶有「想讓藥房的生意更加興隆」「希望狗兒不要死去」的心情。（順帶一提，chemist's 是一家英國知名的連鎖藥房。除了藥品之外，報紙、雜誌、香煙、彩券、小孩的玩具等，甚至連冰淇淋都有販售。不知為什麼，這種店大多是印度人在經營）。我們再來看下一個例句。

• **Keep** a secret [your word / a promise].（請保密 [請守信用]）

答對了！這句話帶有為了不要破壞約定或秘密而努力的感覺。雖然有點嘮叨，不過，容我再多舉一個例句。

• Where do you **keep** your tools?（你把工具放在哪裏?）

應該不用再多加解釋這句話了吧！這樣的句子裡往往含有 have 句中感受不到的情境。

之前的解說有點冗長辛苦。不過，這並不是在浪費時間。大家應該已經學習到以英語為母語者是如何使用 keep，而且也能體會為什麼足球比賽中守球門的人叫做 **goalkeeper** 了吧！沒錯，大家現在已經真正具備「**以英語為母語者的字彙能力**」了！

已經沒問題了

save

save 就是「**解救**」，亦即 rescue。

・I jumped into the water and **saved** her.（我跳入水中救她。）

為何 save 這個動詞也列入「保持」的動詞群中呢？因為是「解救」的意思…這樣說明可能各位還是覺得難以理解吧。讓我們繼續看下面幾個例句吧！

・I'm **saving** this for a rainy day.（我儲存這個以備不時之需。）

・**Save** energy.（節約能源。）

你們看，這些用法不也有「解救」的意思嗎？如果一直這樣下去遲早會用盡，但因為 save 而獲得「解救」，才得以繼續「保持」啊。

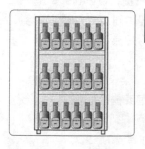

store

為了將來能夠使用，將該物存放在某一個場所。隱含有「**長時間**」的語感。

・All the data is **stored** in our computers.（所有的資料都儲存在我們的電腦中。）

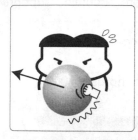

retain

　　放任不管的話會逐漸失去的東西，設法使其繼續保留。

・She **retained** her sense of humor throughout her terrible illness.

（儘管病情嚴重，她還是沒有忘記保持幽默。）

・It's diffucult to **retain** control when arguing.

（爭吵時很難不失控。）

　　記憶不也就是一種放任不管的話就會自然流逝的東西？

・One thing is to study something, but quite another thing is to **retain** it.

（學習是一回事，不去忘記又是另一回事。）

　　最近我那已經高齡 88 歲的奶奶，老是忘東忘西，健忘得很厲害。她有時候會對著我笑著問「請問你是哪位？」。她那天真無邪的笑容令我不由自主地看得入神。我最近常在想，人類隨著年齡增長似乎會和上帝愈來愈接近。

HOLD

　　使用身體（的某部分）來固定住物體。手、手臂、牙齒等皆可，用下巴或用腋下夾住也行，反正就是「**將東西抓握住**」。

・**Hold** my bag for me, will you?

（你可不可以幫我拿一下袋子？）

・What is she **holding** in her hand?

（她手裡拿的是什麼？）

・I **held** him in my arms to comfort him.（我將他擁在懷裡安慰他。）

hold 還可由這個基本意象衍生出與 store、contain、support 接近的用法。

・The police decided to **hold** the man in a cell overnight.
（警察決定將這個男人拘留一個晚上。）

・The new stadium **holds** 65,000 spectators.
（這個新的體育場可容納 65,000 名觀眾。）
・He can't **hold** his drink.
（他一喝酒馬上就會嘔吐。）
・The bridge can **hold** up to 30 tons.
（這座橋可耐重達 30 噸。）

　　什麼? 你說「hold 有關『保持』的意義怎麼遲遲不介紹?」對不起! 讓各位久等了!

・I hope this fine weather **holds**.（我希望好天氣能夠一直持續下去。）
・Mr. Onishi can **hold** the students' attention easily.
（大西教授輕而易舉地吸引了學生們的注意。）（胡說，很不容易的呢!）

　　你們看，是不是由「抓握住不放」衍生出「持續下去」的意義了呢?

「停留」在某個場所也具有靜態的意象喔!

stay

　　這個動詞應該沒什麼問題, 就是指「**哪兒也不去, 停留在這裡**」的意思。這是表示停留之意時一般最常使用的單字。

· You can stay for dinner if you like.
　(如果你願意的話, 可以待在這裏用晚餐。)

· I **stayed** there for 3 days. (我在那裏待了 3 天。)

　　當然, 這個字也可用以表示停留於某種抽象的狀態。

· **Stay** perfectly quiet. (請保持安靜。)

· The unemployment rate **stayed** below 4%.
　(失業率一直維持在 4% 以下。)

　　有趣的是 **be here to stay** 的用法。這種講法給人一種在此紮根, 哪裏都不去的感覺。

· "Oh, I don't like computers." "Well, you'd better get used to them, because they'**re here to stay**."
　(「喔! 我不喜歡電腦。」「你最好習慣它, 因為今後凡事都得用電腦。」)

stay put

　　stay put 是口語的用法, 強調的是「不要動」。

- **Stay put** until I get back!
（在我回來之前別動。）

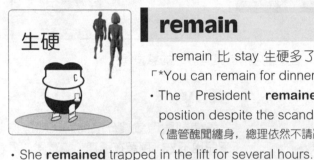

remain

　　remain 比 stay 生硬多了, 而且沒有「*You can remain for dinner」的說法。

- The President **remained** in his position despite the scandal.
（儘管醜聞纏身, 總理依然不請辭。）

- She **remained** trapped in the lift for several hours.
（她依然被困在電梯當中, 已經好幾個小時了。）

　　remain 的用法經常伴隨著「其他人都先行離開了, 只有那個人還留著」的語感。

- You two **remain** here to mind the equipment.
（你們兩個就待在這裏看守裝備。）

- I'd like the following students to **remain** behind after class.
（以下唸到名字的同學請在下課後留下來。）

　　behind 這個字也帶有一種「在其他人都離開了之後」的語感。此外, 不光是人, things 也可以使用 remain 這個動詞。

- Sadly very few of the original murals **remain**.
（很遺憾的是原始的壁畫幾乎所剩無幾。）

- Whether or not we can clinch the deal **remains** to be seen.
（交易是否會成功尚有待觀察。）

wait

wait 指「在某人到來或某事發生之前，一直停留在那裡」。

- I've been **waiting** here for 2 hours— where the hell were you?（我已經在這裏等了 2 個小時。你到底跑去哪裏了?）

stand by

stand by 為「**隨時待命，以備必要的時候**」之意。by 的基本意象是「在近處」，所以這裏指的就是「站在近處」。

- **Stand by** for action!

（攝影機，請待命!）

當然，由「站在近處」的基本意象也可衍生出「我們是同一國的」、「隨時都會伸手援助」等語意。

- I'll always **stand by** you.

也就是 I'll be there to support you when needed. 之意。

一直停留在某個場所時，最典型的情況便是「居住」，接下來我們就將討論的焦點放在「居住」。

live

- "Where do you **live**?" "I **live** in ...."
（「你住在哪裏?」「我住在…。」）

　　live 是很容易被誤解的動詞之一。當然，在第一次見面，必須禮貌性地詢問對方 "Where do you live" 的時候，live 自然是「居住」的意思，也就是「你家在哪裡」的意思。但是，下面這個例句中的用法又是什麼意思呢?

- What's it like **living** in there? （在那裡生活是什麼感覺?）

　　這個問題的答案可能天差地別。有可能是「周圍的氣氛」，也有可能是「工作環境」、「休閒環境」、「購物環境」…等，凡是在那裡進行的任何活動都有可能成為這個問題的答案。live 並不單單只有「居住」這個意思而已。**人類在居住的地方所進行的一切活動（包括生存本身）都可成為其背景，是一個意義包羅萬象的動詞。**從這個角度來想，live 就自然衍生出「度日、生活、生存 (alive)」等意

義。大家應該已經體會出 live 的豐富含意了,請試試看下面的例句。

· God, you've been all over the world. I've been nowhere. I've
  never **lived**.(天啊! 你的足跡已經遍及全世界,而我卻哪兒都沒去過,
  我的閱歷實在是太淺了。)

　　這裡是指「人生經歷太少」的意思。沒有 live 當然就沒有經驗,
因此才會有 I've never lived 的說法。由此更可以證明 live 並不單
單只有「居住」的意義而已。

reside

　　這個動詞是表達「居住」之意較為生
硬、正式的 (official) 說法。

· I'd like to **reside** in the States but it's
  difficult to get a green card.

（我想要在美國定居,但是綠卡申請不易。）

· Many Brits and Germans now **reside** in the South of Spain.
（現在有許多英國人和德國人居住在西班牙南部。）

inhabit

　　這個動詞的**焦點在於群體**。指一群人
類(動物)定居於某個區域。

· The Aborigines **inhabited** Australia
  thousands of years before the white
  Australians.

（原住民在澳洲白人到來的幾千年以前就一直定居在澳洲。）

· The Galapagos islands are **inhabited** by some of the world's
  most fascinating creatures.
（加拉帕戈斯群島上有世界上最獨特的動物棲息。）

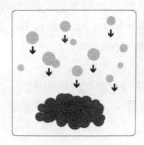

settle

　　請想像一下雪或灰塵落到地面，然後 settle (fall and stay) 的情況。settle 這個動詞雖然有許多不同的用法，但是其意象一點也不難理解。通常指類似雪或灰塵等**會到處亂飄的東西落在某一個地方**。settle 當名詞使用時為「木製高背長椅」之意。

- He collapsed on to the sofa and **settled** in front of the TV.

　　你們看，是不是可以感受到原本四處走動的人完全放鬆地坐在沙發上休息的樣子呢？此外，「問題」或「議論」也可以用 settle 喔！

- The management finally **settled** the dispute with the union.

　　這句話就是到處引起糾紛的議論已經宣告平息的意思。settle 這個動詞若用於「居住」的時候，其語感是清晰可見的，就是四處遊走的人找到了願意定居之處。

- I don't think they'll ever **settle**; they love traveling too much.
  （我不認為他們會定居在某個固定的場所；因為他們太喜歡四處旅行。）

squat

　　squat 指（非法）潛入沒有人住的地方。當然，這是絕對不會付房租的。體育系出身的人應該都知道，這個動詞也可以表示「蹲」的意思。這個姿勢是不可能持久的，所以也帶有短暫、不長久的感覺。

- The police are trying to stop people **squatting** in those empty flats.（警察試圖阻止非法入住空屋的人們。）

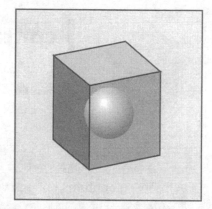

以下將舉出位置關係當中很難區分的「包含」類動詞。「某一個事物位在其他事物當中」為這個動詞群共通的意象。

include

include 譯成「包含、含有」並不夠確切。請各位在心中想像一下 **list**（清單）。

· Salad, dessert and coffee are **included** in the set menu.

請將 set menu 當作一份清單來思考。在這份清單當中有主菜、沙拉、甜點、咖啡……等項目。其中的沙拉、甜點和咖啡等都包含在這份清單當中。

· Our drama group **includes** people from all walks of life.

（我們的劇團包括社會各階層的人。）

請在腦海中想像一張有「馮先生」、「宋先生」等全體人員的劇團名單，而該名單當中含有各個階層的人。

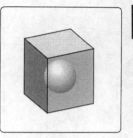

contain

　　各位都知道 container 是貨櫃吧，是用來裝貨物的容器。contain 這個動詞只是單純的表示當中放有物品，亦即 **There be...in...**。

・The case **contained** all my belongings.（這個箱子裝了我所有的東西。）

・Each serving **contains** enough vitamin C for a day.

（每一份都含有一日所需的維他命 C。）

　　好吧！接下來我們就拿 contain 和 include 做個比較吧！

・This container **contains** (**includes**) fish.

　　contain 很簡單，只要想像一下打開貨櫃來，就看到裡面全部塞滿魚的情形就是了。那麼，include 又是怎樣的情況呢？include 則指貨櫃所含物品的清單上，包含了「魚」這個項目。

・This flat **contains** (**includes**) living room furniture, a bedroom suite and some kitchen appliances.

　　contain 單純表示「這一層房子裡有…」，而 include 則隱含了截然不同的語感。假設你到英國去找房子，房屋仲介業者 (estate agent) 保羅對你說：This flat includes...。

　　保羅用 include 這個字究竟帶有什麼特別不同的含意呢？這句話給人「房子嘛…包括了客廳的家具、一套臥室家具和廚房調理用具在內」的感覺。你可以想像，保羅在介紹房子的時候，腦中列著一份客廳家具、臥室家具、廚房設備…等的清單。

　　此外，當然 contain 也可引申為「抽象意義」的含有。這主要是因為 There be...in... 的意義很單純之故。

・Your proposal **contains** many strong points.

（你的提案有許多可取之處。）

這個動詞的解說雖然稍嫌冗長，還請大家再多忍耐一下聽我詳細說明。這個動詞之所以有趣是在於它從「包含在裡面」衍生出「**積極地使其保留在裡面**」的含意。請各位再看一下前面的插圖，雖然其意象是某物含在某個容器（場所）中，但仔細想想，似乎隱約有該容器試圖將該物留在裡面的感覺。

・Doctors are working hard to **contain** the spread of cholera.
（醫生們致力抑制霍亂的蔓延。）

incorporate

　　這個動詞的意義是「**form into one body(corpus)**」。沒錯，其意象是組裝零件，完美的製作出整體。

・Our survival depends on how well we can **incorporate** the latest business ideas into our future planning.

（我們生存，全仰賴我們如何把最新的創意完整地編入未來計劃當中。）

・I like the way you've **incorporated** fuel-saving devices into the new engine design.

（我喜歡你將節省能源裝置放入新引擎的設計當中。）

　　順帶一提，公司名稱之後經常會加上這個字的縮寫 ...Inc.。不過，雜貨店的名稱之後卻不會加上 Inc.。沒錯，這是因為這個字只有在集合個別組織而成為一個整體組織的情況下才會使用。

cover

　　請各位想像一下「傘」。這就是 cover 的意象。

・I believe the report **covers** all the key points.（我相信這份報告囊括了所有重點。）

cover 常會用在保險方面。不過，其意象是不變的，亦即包含在保險契約之內。

· This new house insurance **covers** evrerything: theft, fire and even natural disasters.

（這個新的房屋險包含了所有項目：竊盜、火災、甚至天災。）

embrace

embrace 這個動詞感覺上相當**生硬**，其基本的意象是「**用兩隻手臂抱住**」，由此衍生出「含有」的用法，亦即將各種不同的 (separate) 事物 embrace 起來。常用在創意等較為抽象的情況下。

· My tastes in literature **embrace** a variety of genres.

（我對文學的喜好是多方面的。）

順帶一提，法文的 **embrasser** 已經由原本的意義衍生出「接吻」的意思。也對啦，仔細一想，接吻時總不可能只有嘴巴伸出去而已吧！

接下來介紹 stop 系列。這也是「靜態」意象的一類。

STOP

　　stop 是「停止」的典型代表。「停止」有各種不同的情況，有的是單純地「停止」某個動作，有的是「停止」持續著的活動。能夠充分表現出這種不同情況下的「停止」就是 stop。大家只要了解 stop 這個字的用法是如此廣泛應該就沒問題了。請隨心所欲輕鬆運用這個動詞吧!

　　首先是 **MOTION**。指單純地「停止動作」。

我可沒偷懶哦

- She walked up the street and then **stopped** at the café .

（她沿著街道行走，然後停在咖啡廳前。）

- My watch has **stopped**.（我的錶停了。）

- **Stop** the taxi and get out.

（停車之後下車。）

因為這單字實在是太一般化了，我也沒辦法再多畫些什麼。坦白說，這樣也蠻輕鬆的。

其次是 **ACTIVITY**, 指「停止進行中的活動」。

· Everyone **stopped** working.（每一個人都放下手邊的工作。）

· He **stopped** golf to devote more time to his family.（他停止打高爾夫球，並奉獻多些時間給家人。）

· My parents tried to **stop** me seeing you.

（我父母試圖不讓我和你見面。）

stop 的意象想必已不需筆者多加贅述。只要學會這兩種用法應已足夠。如果有讀者認為太過於簡單而不滿意的話，以下特別舉兩個特別一點的例句以滿足大家的求知慾。

· She didn't **stop and think** why he wanted the money.

（她從不停下來好好想想他為什麼想要那筆錢。）

· The trouble with him is that he doesn't know when (where) to **stop**.（他的麻煩在於不知道適可而止。）

好像還是太簡單了一點吧!

halt

首先，我們要介紹的是幾個表示停止 **MOTION** 的動詞。halt 是比單純的 stop 更具急迫感的動詞，**隱含著一股緊張的氣氛**，用以形容軍隊等最為恰當。

· **Halt!** Who goes there?

（站住! 是誰在那裏走動?）

· The troops **halted** at the sergeant's command.

（在士官長的命令下，整個部隊停下腳步。）

freeze

freeze 也是指 **MOTION** 的停止，由原本的意義「凍結、凍僵」應可明顯看出其意象，表示因過度恐懼而突然之間全身麻痺、無法動彈，當然，此時必然呈現無法說話的狀態。

· When I saw the burglar I just **froze** with fear.

（當我看到小偷時，因害怕而全身無法動彈。）

cease

接下來要介紹幾個停止 **ACTIVITY** 的動詞。cease 這個動詞感覺上較生硬，與其說是突然停止，倒不如說是咻地一下子退出 activity，留有一種還會再重新開始的感覺。

· Trading on the Hong Kong stock market **ceased** 3 hours ago.

（香港股市交易在 3 個小時前結束。）

quit

quit 的意象是 leave behind，亦即「bye! bye!」。就是告別某種行為、狀態的意思。

· I've decided to **quit** my job.

（我已經打算辭職。）

· Did I tell you I'd **quit** smoking?（我告訴過你要戒煙嗎?）

你們看，是不是每一句話都有「bye! bye!」的感覺呢?

discontinue

在 continue 之前加上 dis-，指停止某段時間中一直持續的事物或是重複進行的事物。很簡單，應該沒問題吧!

· He recommended I **discontinue** using chemical drugs and try alternative medicine.（他建議我不要再使用化學藥品，試試看其他的替代藥物。）

rest

rest 就是「**休息、恢復體力**」，如此簡單而已。

· The doctor said I need to rest for a **few** days.

（醫生說我需要休養幾天。）

take / have a rest 也是同樣的意思。

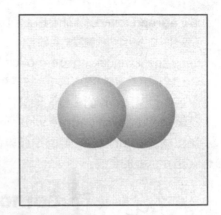

接下來我們要來探討「關係」類的動詞。沒錯，就是「相同」、「不同」等關係。這一類動詞也是包羅萬象的喔！

equal

就是 ＝（等於）。簡單吧！

agree

就是「**OK!**」。在意見一致時經常會使用這個動詞。

· Do you **agree**?（你贊成嗎?）
· I **agree** that I should lose weight.
（我同意自己應該減肥。）

這兩句話都含有「OK!」的感覺，對嗎? 當然，agree 的用法並不限於「意見」的一致喔！

- We **agreed** to meet Anna Bell's bar.

（我們約在 Anna Bell 的酒吧見面。）

- Let's see if we can **agree** a price.

（讓我們研究看看能不能在價格上達成協議。）

　　這些也還是 OK 的感覺。那麼，下面的例句又是什麼意思呢？

- Spicy food doesn't **agree** with me.（辣的食物跟我的體質不合。）

　　雖然是否定的句子，但還是圍繞在討論 OK 不 OK 的感覺，這也就是 agree 的意象。

coincide

　　coincide 的意象是 **togetherness**（一起）。就是時間、地點、對事物的看法等都正好「together」之意。

- If your holidays **coincide** with mine we can go together.

（如果你的休假日和我相同的話，我們就可以一起去。）

- Your views on the death penalty **coincide** with mine.

（你對死刑的看法正好跟我一致。）

　　這兩句都含有正好「together」的語感。

金童　玉女

關聯性

correspond

　　雖然這個動詞的用法很多，但基本意象只有一個。那就是「兩個事物互相呼應(answering each other)」，具有**緊密的關聯性**。大家所熟悉的「通信」、「對應」等都是由此基本意象衍生而來的意義。

- I have **corresponded** with Susie for 10 years.
- The fins of fish **correspond** to the wings of a bird.

大家是不是可以從以上兩個例句中感受到那種緊密的關聯性了呢?「一致」的意義就是由此衍生而來。

・Our ideas on how to run a business didn't **correspond** so we split up. (由於我們的經營理念不一致, 因而分道揚鑣。)

　　就是因為兩個人的想法不再能夠緊密聯繫的緣故。

正好契合

match

　　其意象就是「**拼圖**」。就像二片拼圖一樣, 能正確的相互拼合。

・Do you think these curtains **match** the carpet?

（你認為這些窗簾和地毯相配嗎?）

　　雖然這個動詞也有「匹敵」的含意, 但也是由基本意象衍生而來。如果不是具備同等水準就無法契合, 不是嗎?

・No one can **match** him at golf.

（沒有人高爾夫球技比得上他。）

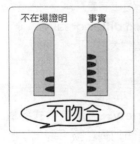

不在場證明　事實

不吻合

tally

　　所謂 tally 指的就是古時候的符契。據說是借貸雙方將刻有金額的棒子剖成二半, 兩個人各拿一半, 以作為日後的證明。由此可見, tally 這個動詞的**焦點在於數值**, 指數值（資訊）等完全互相吻合。

・I'm afraid these figures on your tax return just don't **tally**.

（我擔心退稅金額不符。）

・Your alibi doesn't **tally** with the facts.

（你的不在場證明和事實並不相符。）

緊接在「相同」之後的便是「相異」。

differ

　　differ 的基本意象為「**距離感**」，這會令人聯想到「差異」。

· They **differ** only in colour and size.
　（他們只在顏色和尺寸上有差異。）

· Views on abortion **differ** greatly.
　（對墮胎的看法差異很大。）

vary

　　其意象為 **variety**。表示有各式各樣的種類及類型。這個動詞在談「變化」時已經介紹過了。

· Initiation rites **vary** from tribe to tribe.
　（各種慶典儀式依部落而異。）

· What time do you finish your work? It **varies**.
　（你通常什麼時候結束工作？不一定。）

contrast

就是 **compare**（比較），因此能夠清楚顯現相互的差異。

· What she said to my face **contrasted** greatly with what she said behind my back.

（她當著我的面和在我背後說的話完全大相逕庭。）

· The bright red curtains **contrast** perfectly with the cream walls.

（這亮紅色的窗簾和乳白色的牆壁呈現極明顯的對比。）

disagree

為 agree 的相反詞，表示不吻合。

但和 agree 一樣，常用在意見不一致的情況。

· I **disagree** with you on that point.

（關於那個問題，我並不同意你的看法。）

因為是表示不吻合，當然也可以用在意見以外的場合囉!

· Our findings **disagree** with the government's official report.

（我們的調查結果和政府的正式報告並不吻合。）

· John's not feeling well; something he ate last night **disagreed** with him.

（約翰身體不舒服。他昨晚吃到了對他不適宜的食物。）

conflict

　　conflict 並不單指「不同」如此簡單而已，而是指撞在一起 (**strike together**) 產生糾紛、問題。不是常有 the conflict between Israel and Palestine（以巴衝突）的說法嗎？

・What my heart wants to do often **conflicts** with what my brain tells me I should do.

（我心裏想做的事往往和應該做的事相互衝突。）

　　conflict 在這裡正表現了這種令人傷透腦筋的相互衝突。

第 **4** 章

表示**知覺**的**動詞**

視覺　gaze / stare / eye / glimpse / glance / peep / peer /
　　　glare / peek
聽覺　① catch / make out / overhear / carry
　　　② tune in / eavesdrop
味覺　try / sample / savour
嗅覺　sniff / sniff out / stink / reek / pong
感覺　experience / nurse / harbour

表示知覺的動詞

視覺系列以外的動詞數量就沒有那麼多了。說明太短還請各位見諒⋯。

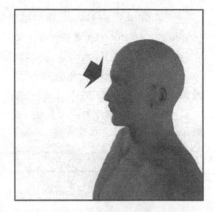

在人類五個感覺器官當中最敏銳的就是視覺。這類動詞相當富於變化，請大家好好用心研究吧!

gaze

　　gaze 指「**眼睛直盯著看**」。「好漂亮的小姐啊!」或是「哇! 好厲害!」等，因對方很有魅力或是值得讚賞時，而一直盯著看，在這種情況下，用這個字是最恰當不過的。

· She **gazed** at him thinking—this is my man!

（她一直盯著他看，心想——這就是我要的男人!）

stare

　　stare 雖然也是「盯著看」，但這個動詞並不像 gaze 一樣是發自內心覺得「好想看啊!」才去看的。stare 給人**其中必有某種原因**的感覺。例如: 對面有一位殘障者一跛一跛地走了過來。小孩子會因好奇

心驅使，而一直盯著人家看，這時媽媽就會對他說：

· You shouldn't **stare** at people: It's bad manners.

（你不可以一直盯著人家看，這樣沒有禮貌。）

　　看吧，是不是其中必有原因呢？此外，因為對方不守約定，而以不信任的眼光瞪著對方看，或是因驚訝而目瞪口呆地看著的情況，都可以使用這個字。總之，我們可以從這個字當中感受到某種原因。

　　這種語感是從 stare 的典型動作「眼睛張得大大的」衍生而來的。大家是否可以想像眼睛張得大大地高聲喊著「你看！那個人！」的小孩子，或是被欺騙而睜大眼睛說著「真是可惡！」的人呢？

　　被這種眼神盯住的感覺又是如何呢？是不是覺得這種眼神很沒禮貌 (rude)，有種被壓迫的感覺呢？若你想問「你在瞧什麼？」，英文的表現方式如下：

· What are you **staring** at?

這好像很不錯呢！多少錢呢？在哪裡可以買到呢？我買得起嗎？如果買得起該有多好啊！穿上它一定會看起來很酷的！好想要喔！

eye

　　eye 雖然也是「盯著看」，但要注意的是當時的心情。一邊看著蛋糕，一邊想著「好像很好吃耶！好想吃啊！」，或是在店裏看到一個皮包，心想「這個要多少錢呢？應該不便宜吧！好想要喔！我把它偷偷拿走好了！」，或是在運動比賽的時候，在一旁觀看對手的比賽情形，一邊想著「看起來好像很強，好像沒什麼弱點耶！」等，eye 這個字帶有一邊看著，**一邊「進行衡量」**的感覺。若看到自己非常想要的東西時，經常會使用到這個字。

· Stop **eyeing** those cakes—you're on a diet, remember?

（不要一直盯著那些蛋糕看——記得你在減肥嗎？）

glimpse

　　glimpse 指「**瞬間晃過去只看到一眼而已**」。指事物咻地掠過視線範圍，來不及看清楚。大家都聽過 **catch a glimpse** 的說法吧！沒錯，正因為一眨眼就過去了，所以得用 catch 這個字才行。

・"I only **glimpsed** him as he got into the limo, but I'm pretty sure it was Brad Pitt." "Yeah, right."
（「雖然我只是在他坐上大型豪華轎車時瞄到他一眼，不過我很確定他就是布萊德・彼特。」「好啦，你說的沒錯!」）

glance

・She only **glanced** at her crib but unfortunately the teacher caught her.
（她只不過瞄了一眼小抄而已，就不幸被老師抓到了。）

　　雖然這個字和 glimpse 類似，都是指「**稍微瞄一眼**」，但其焦點在於「**時間的短暫**」，並非「沒有仔細看清楚」。亦即有意識地瞄一眼。

peep

・I **peeped** at the answers when the teacher wasn't looking.
（趁老師不注意的時候，我偷瞄了一下答案。）

　　各位知道「peeping Tom」這個字嗎？裁縫師 Tom 因為禁不住好奇，偷看了

Lady Godiva 的裸體，結果因此失明。因此，peeping Tom 就被引申為「偷窺狂（色鬼）」之意。peep 就是小心翼翼地，希望不被發現、不被察覺地**偷看**，雖然明知不可以，還是偷看了。不過，這個動詞隱含著危險，一旦被發現就得趕快溜的感覺。

　　此外，peep 也有從鑰匙孔等小洞、縫隙「**窺視**」的用法。

· He **peeped** through the keyhole to see if his mother was OK.
（他從鑰匙孔偷看他媽媽是否平安無事。）

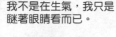

我不是在生氣，我只是瞇著眼睛看而已。

peer

· He **peered** at the rhino through his binoculars.
（他用望遠鏡看犀牛。）

　　peer 指「**瞇著眼睛看**」。給人一種不是很容易看得見的感覺。

glare

　　生氣。「**怒目而視**」。就這麼簡單！

· This guy touched my bottom in the train and I just **glared** at him.
（這個男人在火車上偷摸我的臀部，我狠狠地瞪了他一眼。）

peek

　　quick look。飛快地看一眼。通常用於**對不該看的事物迅速瞄一眼**的時候。

· I **peeked** at the memo on his notepad.
（我很快地瞄一下他筆記本上的記事。）

嘿嘿

　　首先就從 hear 類開始。這類動詞數量並不多，不一定是有意識的聽，強調的是聽到的結果。

音　沒接到

catch

　　常用於「沒 catch 到」等「否定的情況」，只要看看左邊的插圖應該就能瞭解。

・Sorry, I didn't **catch** your name.
　（抱歉！我沒有聽清楚你的名字。）
・Did you **catch** the last thing he said?
　（你有沒有聽到他最後說的話？）

聽不見

make out

　　make out 也是用在否定的情況居多。不過，和 catch 不同的是，聽的一方雖然**拼命努力地在聽**，但因為說的一方說不清楚或是聲音太小，所以沒有聽到。

・Shh... I can't **make out** what they're saying.（噓！我聽不到他們在說什麼。）

- I could just **make out** the name he was whispering before he passed away.（我好不容易聽清楚他臨終前說出的名字。）

　　當然，make out 並不限於聽覺。也可以用在「視覺」。

- I could barely **make** him **out** in the dark.

（在黑暗中我幾乎快看不到他。）

　　這樣的說明應該已經足夠。其實聽覺和視覺的語感是一樣的。make 帶有「努力」的語感，out 則有讓不清楚的事物「變得清楚、可以辨識」的語感，所以可以同時用在聽覺與視覺。相信這對本書的讀者而言，應該很容易就能理解。

overhear

　　overhear 指「**偶然聽到**」。我們可以從中感受到 over 所帶有的距離感。

- I just happened to **overhear** that John is leaving the company.

（我偶然間聽到約翰要離職的消息。）

carry

　　carry 這個動詞將焦點放在「**聲音可以傳到什麼地方**」上。

- Tom's snoring **carried** throughout the whole house!

（湯姆的鼾聲傳遍了整間屋子。）

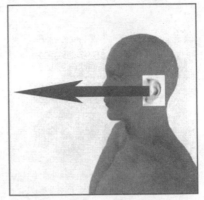

接下來要介紹的是 listen 類，表示注意聽，強調聽的動作。

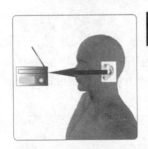

tune in

tune in 指「**收聽廣播節目**」。

· I always **tune in** Jazz Classics on Radio 4.

（我總是收聽 Radio 4 的 Jazz Classics 節目。）

eavesdrop

就是「**偷聽**」。請想像一下水從屋簷 (eaves) 上一點一滴落下的樣子，去 catch 住落下的一點一滴，正是這個動詞的意象。

· I caught my secretary **eavesdropping** behind the door to my office.

（我的秘書在門後偷聽被我逮到。）

「什麼？這樣就結束了嗎?」沒錯！這一部分的說明就到此為止。只介紹兩個動詞真是不好意思。

以下介紹「味覺」。

try

「**試試看**」好不好吃。

- Who wants to **try** my special new cheese cake?

（誰想要試吃看看我特製的新鮮乳酪蛋糕?）

sample

這個動詞的用法和 try 類似，也是指「試試看」，但是，一般情況下大多使用 try。各位一定會問「那麼，這兩個字到底有什麼不同呢?」，其實，sample 這個動詞含有「**判斷**」的語感。「和其他東西比起來如何呢?」，「味道還喜歡嗎?」，給人一種下判斷的感覺。並不光只是 try 而已，還要對事物下客觀的判斷，這就是 sample。

· Have you **sampled** any of the local Italian wines yet?
（你試喝過義大利當地的葡萄酒嗎?）

　　這當然也是一種「判斷」，所以才會衍生出 wine sampling（品酒）的用法。所以，平常在路上發送的新商品試用包也稱作「sample」，目的就是要大家試用看看，「判斷」一下東西好不好，其實，意象也是一致的。

男人不應該對食物的味道有太多意見。不管是多大的握壽司，一口一個地往嘴裡塞，這才是真正的男子漢大丈夫。

savour

　　savour 指「細細品嚐食物的味道」。可不是狼吞虎嚥喔！而是細細品嚐料理的美味和廚師的手藝。這種細細品嚐的吃法最近可是相當流行喔！我父親生於 30 年代，他常告誡我「吃飯快吃，不要說話，吃完後趕快去工作」，現在的我可不太認同他這種說法。

· The French seem to **savour** food much more than we British do.（比起我們英國人來說，法國人似乎更能品味食物。）（沒錯，就是這樣。）

　　savour 並不只限於用在品嚐「味道」，還衍生出像是 **savour the moment**、**savour every word** 等說法。其語感是相同的，就是享受這 precious（珍貴的）時光、仔細品味傑出人士的 talk 等。

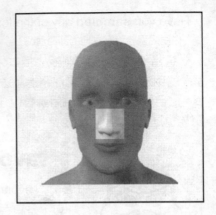

表現嗅覺的動詞也是相當多樣化的。

吸吸鼻子地聞

sniff

　　「吸吸鼻子地聞」。就是由鼻子迅速地將味道吸入……很簡單吧！ 就好像在檢查東西的味道一樣。

・ He **sniffed** the butter and knew immediately it was rancid.
（他一聞奶油就知道它已經壞了。）

・ Wine buffs **sniff** their wine before drinking it.
（紅酒愛好者在飲用之前都會先聞一下它的味道。）

吸吸鼻子地聞

有了

sniff out

　　out 又出現了。 out 這個字帶有「找出」的感覺。**為了找出毒品或松露等而去 sniff**。因此，海關的毒品偵測犬就被稱為 **sniffer dogs**。

・ Have you seen those specially trained

dogs that **sniff out** survivors trapped under the debris?
（你曾經看過那些受過訓練的救難犬可以用嗅覺找出埋在瓦礫中的生還者嗎?）

stink

stink 指「**強烈的惡臭**」。

• Open the windows—it **stinks** in here!
（把窗戶打開，這裏實在很臭。）

「味道不太對」的感覺也可以用來形容一筆交易可能有問題。

• I don't like it one bit—the whole deal **stinks** if you ask me.
（我很不喜歡這樣——如果你要我說的話，這筆交易實在很可疑。）

stink 還有另一種中文裡沒有的用法。

• Their latest album **stinks**!（他們的最新專輯糟透了!）

沒錯，這表示「**品質極端地差**」。因為發出惡臭的東西當然沒有品質而言囉!

reek

reek 發出的臭味比 stink 的味道還糟，並且充滿了整個空間。

• The alleyway **reeked** of urine.
（這條巷子充滿了小便的味道。）

• You **reek**! Don't you ever take a bath?
（好臭! 你都不洗澡嗎?）

pong

　　pong 是英式英文，為 stink 的俚語。通常指**腳或襪子的臭味**。薰死了！

· God, your feet **pong**!

　（天啊！你的腳好臭！）

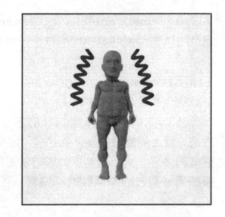

feel 類的動詞相當稀少。費了不少功夫才找到這幾個動詞。

experience

　　這是個語感相當生硬的感覺動詞。可用在 **pain**（疼痛）、**sorrow**（悲傷）、**nau-sea**（嘔吐）、**stress**（壓力）、**joy**（高興）、**pride**（驕傲）…等各種心情與感覺上。

・It's normal to **experience** feelings of nausea after such a trauma.

（在受到這樣的精神創傷後，一般都會有想吐的感覺。）

・Most teachers **experience** a certain amount of stress in their job.（大部份的老師都會感受到某種程度的工作壓力。）

nurse

　　nurse 的基本意象是「**take care of**」（照顧）。你把它的基本意象想成是護士也可以。

　　不過，長期在心中懷有像是 **grudge**

（怨恨）、**grievance**（不平）、**resentment**（憤怒）、**anger**（生氣）等**否定的情感**時也常使用這個動詞。有些時候，像是 **desire**（希望）、**longing**（殷切盼望）等肯定的情感也會使用這個字。

· He still **nurses** a grudge against his ex-wife.

（他依然對前妻懷有怨恨。）

　　咦？「如果是這樣，那為什麼這個字會和護士扯上關係呢?」你想想，護士的職責就是照顧患者、避免患者死去。亦即，她們心中懷有的情感一直不會消逝，抱持著這樣的感情而去「照顧」患者，**讓熱情一直在心中熊熊地燃燒著**，和這個動詞的語感是不謀而合的。

harbour

　　harbour 的基本意象是「港口」。就是某種情感停泊在心中之意。**這也是和否定的感情有密切關係的動詞**，諸如 **grudges**、**suspicions**（懷疑）、**fears**（恐懼）…等。不過，這個動詞並不像 nurse 一樣經常在內心意識到這樣的感情。而是在本人毫不自覺的情況下潛藏在內心深處。

· Why are you still **harbouring** a grievance against me?

（你為什麼一直對我心懷不滿呢?）

第 **5** 章

表示**思考**、**感情**的**動詞**

思考	① contemplate / reflect / deliberate / ponder / ruminate / mull over / reckon / figure
	② presume / assume / suspect / guess / surmise / speculate / infer / deduce / conclude
想像	picture / visualize / envisage
期待	anticipate / reckon on / figure on / count on
理解	comprehend / fathom (out) / grasp / follow
喜悅	please / cheer up / delight / rejoice / amuse / entertain
憤怒	anger / infuriate / annoy / piss...off / irritate / needle / wind up / rile
悲傷	sadden / upset / depress / disappoint / distress
愛	love / adore / whorship / care / dote on
討厭	dislike / hate / detest / loathe / despise / abhor
慾望	want / wish / desire / crave (for) / long (for)

表示思考、感情的動詞

這一章稍微有點麻煩。因為思考與感情是無形的，不容易理解。請大家參照插圖（畫得不好還請見諒），仔細研讀。

思考①

首先就由 think 的伙伴開始介紹吧!

contemplate

「不時會陷入長時間默想(特別是對自然及人生懷抱敬畏之心時)」,這個動詞常會用在諸如此類的情況,感覺上相當富有詩意。

· I can spend hours up in the mountains, **contemplating** the beauty of nature.
(我可以花上好幾個小時在山中思索自然之美。)

　　不過,還是要請各位記住,這個動詞的意象是「**今後的事**」。隱含有「還沒有決定要做,不曉得這樣做對不對」的感覺。「不曉得要不要去夏威夷」或是「把這份工作辭去,換到那家公司,不知道薪水會不會提高…」等,人們常常花時間思索這類事情。雖然這得花上好一段時間去思考,不過不會有緊迫的感覺。

· I'm **contemplating** leaving Taiwan.
(我正考慮要離開臺灣。)

這個動詞還有一種有趣的用法喔!
・Don't just sit there **contemplating** your navel!
　（不要一直坐在那裏發楞，趕快去做!）

　　navel 指的是肚臍，這句話的含意是「別光是坐在那裡盯著自己的肚臍發呆」，很有趣吧!

reflect

　　其基本意象是「彈回來」（**throw back**）。光和熱的反射便是最典型的例子。reflect 這個字若用在思考上，是指認真地思考「**過去發生的事**」。

・He sat and **reflected** on the events of the past few days.
　（他坐下來靜靜思考過去幾天發生的事。）

deliberate

　　這個字的焦點在於「**小心謹慎**」。事先預備了各種可行的方案，並仔細推敲比較，就是這個動詞的意象。由此產生「討論」的語感，一點也不奇怪。

・He **deliberated** for a long time before reaching a decision.
　（他在下決定前考慮了很長的一段時間。）
・Parliament is **deliberating** whether to bring back the death penalty.
　（議會正在檢討是否要恢復死刑。）

嗯……

ponder

這也是指「小心謹慎」。不過，其焦點放在對某個問題「思考的深度及時間的長度」。

· Give me time to **ponder** the matter.

（給我一點思考的時間。）

嚼

ruminate

牛會有 ruminate 的動作。一旦吞下去的食物會再一次吐回嘴裡嚼好幾遍，不斷地反芻。我的朋友也會 ruminate。他會一邊說「今天的餐點真好吃」，然後一直嚼啊嚼地。

大家應該已經猜得到這個字的含意了，就是同樣的事情**一再反覆地**思考了好幾遍，所以當然不會有「條理分明」的感覺。

· The detective spent the night **ruminating** the new information he had discovered.

（這名刑警花了整晚的時間反覆地思索他發現的新情報。）

mull over

mull 是指在 wine 中加入糖或是香料，然後慢慢地加熱的意思。在聖誕節等場合會喝這種飲料…，不過，這真的好喝嗎？其實不然，我就不太喜歡。總之，這個動詞的焦點在於「**慢慢地、小心謹慎地**

考慮」。這裡的 over 是表示「從各種角度」，具有旋轉的意象。

‧ We **mulled over** the idea for ages before finally moving house.

（我們在搬家之前，考慮了很長一段時間。）

reckon

　　reckon 含有「持有…意見」的語感。我們可從這個動詞裡感受到「**我就是這麼認為**」的主觀意識。

‧ I **reckon** he's the best player.

（我認為他是最好的演員。）

figure

　　這也是指「持有…意見」之意，不過，這個動詞帶有「**數學性的**」客觀思考過程，亦即**慎重思考（計算）**…的語感。

‧ I **figure** we have enough supplies to last another 3 days.

（〔受困山上時〕我認為我們的糧食還足夠撐 3 天。）

　　其次要介紹的是 suppose 類。這裏集合了一些較難懂的動詞。請各位加把勁好好研究吧!

事實→
我想就是這樣

presume

　　這個動詞有點棘手。讓我們慢慢揭開它的面紗吧! presume 係指「認為…」,帶有「雖然不是很確定, 但就暫且這麼認為吧!」。

・I **presume** everything's ready for tonight's performance.

(我想今晚的表演已經準備就緒了。)

・"Did they arrive safely?" "I **presume** so."

(「他們已經平安抵達了嗎?」「我想是的。」)

　　什麼?「光是這樣的說明好像似懂非懂耶!」。好吧! **就讓我們再深入一點探討以英文為母語的人是怎麼想的吧!** presume 一直給人「事先」的感覺。當然, 這是因為 pre- (beforehand) 這個字首的關係, presume 是在事情尚未被證實或是事情尚未明朗化之前就下的「**假設性判斷**」。

- The young girl who had been missing for 10 days was **presumed** dead.（失蹤 10 天的少女被假定已經死亡。）
- In this country, a person is **presumed** innocent until proven guilty.（在這個國家，一個人在被宣告有罪之前均被假設為無罪。）

　　你們看，是不是有雖然還沒有實際去確認，但⋯的感覺呢？

　　當然，因為是「假設」，所以也會產生「雖然這麼認為，但實際上卻不是那麼一回事」的語感。

- I heard a noise like a gunshot but I just **presumed** it was the kids playing.

（雖然聽到類似槍響的聲音，但我一直以為是小孩子在玩。）

　　好吧！問題來了。如果能夠了解下面這兩個例句的意思，你就擁有和以英語為母語者一樣的語感了。

- He **presumed** upon my generosity.（他利用我的寬容心。）
- How dare you **presume** to tell me how to do my job?

（你居然想班門弄斧教我怎麼工作？）

　　請看這兩個句子的中文翻譯。是不是感受到有「自以為是、厚顏無禮（**cheeky**）」的語感呢？當然這個語感也是由「假設」衍生而來的。各位是否從這二個句子中聽到「自以為是地認為我一定會應允」、「明明不知道我的能力，卻自以為是地認為可以指導我做事方法」的聲音呢？

assume

　　其基本意象為「接受」。

- Do you know when Pol Pot **assumed** power?（你知道柬共領袖波爾布特是何時取得政權的嗎？）

　　當然，這個動詞也包含思考的意義在內。亦即「**接受、相信**」。也就是 **take it for granted that....**。

- I **assume** you are all aware of the situation.

（我相信大家都注意到這個狀況了。）

- We can safely **assume** that the dollar will remain strong against the yen.

（我們可以放心地假設美元對日圓會維持強勢。）

　　體會出其語感了嗎？ **Let's assume...**（讓我們假設…）是眾所皆知的用法吧!

　　想必大家心裡一定在想這個字和 presume 到底有什麼不同。其實 presume 一直帶有「事先」的語感，會伴隨著某種程度的「**危險性**」。或許這個判斷下得 too early 也說不定，而且很可能會被對方否定的表示「才不是這樣呢!（**Hey, you're wrong!**）」。因此，如果 presume 的內容有誤，也不會令人吃驚。但是，assume 並不帶有這樣的「危險性」。因為基本意象為「接受」，所以重點在於後面的話：「可能會變成這樣」、「可能會有那樣的結果」…等。因為之前「相信」、「接受」這樣的判斷，所以 assume 的內容如果有誤，多少會有點令人吃驚。

suspect

　　請仔細瞧瞧以英語為母語者在 sus-pect 時的表情。是不是稍微皺起眉頭呢？沒錯! 而且還帶點緊張的氣氛，無法直接作出定論，立刻斷言「就是這樣子，絕對錯不了」。只能在一團迷霧中就著少許的線索，一點一點地抽絲剝繭，推論思索著「是不是這樣呢?」。

- I **suspect** you won't ever hear from her again.

（我猜她不會再跟你聯絡了。）

嗯，總之先這樣

guess

guess 這個動詞指「不太有把握。因為不是一步步推論而得出的結果，而且也沒有足夠幫助判斷的確切資訊，所以連自己都不太有把握是否正確，反正，就姑且先這樣認為吧…」。

- He hasn't got a clue really—he's just **guessing**.
（他尚未獲得具體的線索——只是憑空猜測而已。）

- Kent will be coming too, I **guess**. （我猜肯特也會來。）

在上述例句中完全感受不到像 think 一樣的思考過程，或是對自己所說的話需要負責任這樣沈重的感覺。guess 就好比猜測「在哪一隻手裡握有糖果啊?」「這個嘛! 這隻!」的**輕鬆感覺**一樣。

我們常聽到 **Guess what!** 這個說法。亦即「你知道嗎!」。當我們在述說某項有趣或令人驚訝的事情之前經常會使用的說法。

- **Guess what!** I'm going to have a baby. （你知道嗎! 我懷孕了!）

當然，並沒有 *Think what! 或是 *Suppose what! 的說法。因為在對方什麼都不知道的情況下，只能讓他 guess 而已。

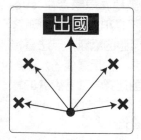

出國

surmise

surmise 這個動詞相當生硬，也是指缺乏消息來源，**不太有把握**。常和 only 搭配使用。

- we can **only surmise** that he's already left the country.

他不在那裏，也不在這裏…因此，「只能猜測他大概出國了」，這就是 surmise 的思考流程。其意象如圖所示。

嗯

證據　證據

speculate

　　組合手邊為數不多的證據，以導出結論。不過由於證據實在太少，而無法得出明確的結論。

· I don't wish to **speculate** as to the outcome of the meeting.

（我不想去猜測會議的結果是什麼。）

· The newspapers are **speculating** as to whether Blair will resign or not.（各家報紙都在揣測英首相布萊爾是否會辭職。）

稍微看一下

證據

結論

infer

　　這也是做出判斷或結論的動詞。不過，這個動詞的感覺是「**擁有充分的證據**」。只要稍微看一下證據，就能**很快地**做出結論。所以，在邏輯學中的「推論」用的就是 **inference** 這個字，大家應該可以了解原因吧！

· From the results of the survey, we can **infer** that the LDP did not do well.

（由調查結果看來，我們可以推論日本的自民黨並不是做的很好。）

deduce

　　deduce 的含意和 infer 大同小異。但通常都用於「**科學的領域**」。並不是一下子就能做出結論，而是 **step by step**，一步一步地研究，才慢慢地導出結論。因此，

數學中的「演繹法」用的就是 **deduction** 這個字。

· They were able to **deduce** from the autopsy that the man had been poisoned.

（他們可以由解剖結果推論出這個男人是被毒殺的。）

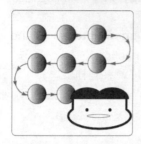

conclude

這個動詞在第 42 頁中曾經介紹過，由於思考過程為其特徵，因此，這裡再度將其提出來說明。conclude 的思考過程為「**將所有的事實仔細看過之後**」，隱含有將一切事情做個總結的感覺。

· All the research led us to **conclude** that we should abandon the project.

（所有的調查讓我們得出結論：我們必須中止這項計劃。）

　　啊，真是辛苦大家了！不過，大家也應該學會了不少動詞，使自己的英文表達更加富於變化了吧！如果能夠體會出這許多動詞在語感上的差異，就可隨心所欲運用自如了，這才是真正高水準的英文表現喔！不是嗎？好吧！我們可不能偷懶了，繼續加油吧！後面還有更多豐富的意象在等著大家呢！

這一部份很簡單，絕對難不倒大家。接下來要說明的是 imagine 類。

picture

　　picture 的感覺就像是我們在心中勾畫出一幅景象，宛如 snapshot（快照）一般，在心中浮現出**具體的畫面**。

· I can't **picture** myself trekking through the Himalayas.

（我無法想像自己攀爬喜瑪拉雅山的景象。）

模糊

抽象

visualize

　　這個動詞和 picture 極為類似，只有一點點地不同。請大家比較看看下面的例句。

· **Picture** (*Visualize) yourself on a boat.

感覺出不一樣的地方了嗎?如果這個例句浮現在你腦海中的是具體的、如照片般的影像時,就不能使用 visualize 這個動詞。

· Can you **visualize** (***picture**) your future?

(你可以描繪你的未來嗎?)

上面這句話只能用 visualize 這個動詞。沒錯,visualize 確實也可以用視覺來思考,但和 picture 相比,其「**繪畫性**」**較低**,是以更模糊的、更抽象的事物為對象。順帶一提,imagine 這個字的繪畫性更低,甚至某些用法和 think 根本沒什麼差別。

envisage

這個動詞是從法文的 **visage**(face: 面臨、直視)來的。其含意為「**思考(想像)未來的事**」,其意象是我們正面對著未來。

· I can't **envisage** what I'll be doing 10 years from now.(我無法想像 10 年之後我會在做什麼。)

期 待

在這一單元我收集了一些 expect 系列的動詞。沒錯，就是表示「認為會…」的動詞群。

準備

anticipate

字典中常把這個動詞解釋成「預期」，其實這個字並非只有這個意思，還伴隨著**對預期做出的充分準備**。

· Kasparov **anticipated** his opponent's every move.

（西洋棋王 Kasparov 預測到對手的每一步棋。）

什麼? 沒聽過 Kasparov? 嗯…其實我也不知道啦，但據說是相當知名的西洋棋士。他不只能夠預測對方會出什麼招式，還能根據自己的預測做出因應的準備。我們再來看一個例句。

· I didn't **anticipate** her having the baby on the way to the hospital!

（我完全沒料到她會在車子駛往醫院的途中生下小孩。）

大家是否從這個句子中感受到「沒有做好準備」的味道呢?

reckon on/figure on

這是 expect 較口語的說法，其中含有「基於該 expectation 來計算（擬定計劃、採取行動）」的語感，因為之後接的 on 表示「基於…」。

· You can **reckon on** getting 4 months' bonus in your new job.

（你可以預期在新公司將領到 4 個月的獎金。）

count on

這是較 reckon on 還強烈的表現，因為其中含有 **depend on**（依賴）的語感，表示今後的計劃完全仰賴該 expectation。

· We're **counting on** your support.

（我們正仰賴你的協助。）

· You're crazy if you're **counting on** winning the lottery.

（如果你一心指望能夠中彩券，我看你是瘋了。）

理解

距離終點好像已經越來越近了。接下來我們要介紹的是 understand 類。

comprehend

　　雖然這個動詞也是「理解」之意，但語感較生硬，不太常用。通常去理解較難懂的事情時，會使用這個動詞。它帶有「**充分理解**」(reach a full understanding) 的語感。

- Sociologists still don't fully **comprehend** the causes of delinquency.（社會學家仍然無法完全理解犯罪行為的原因。）

fathom (out)

　　這動詞會令人感受到「**到理解之前的過程十分複雜、難以理解**」。什麼？你問我為什麼？ 因為 fathom 這個字原本就是測量海水深度的單位 (6 feet)，放下秤錘進行測量，讓秤錘到達底部（理解），這當然會

令人感覺到理解之前的距離囉。此外，這個動詞常用於否定句中。

・I can't for the life of me **fathom out** why she left.

（我一輩子也無法理解為何她會離開我。）

grasp

grasp 的意象是「**抓住**」。和中文「抓住」的感覺完全相同，如果沒有 grasp 的話，就會 slip through your fingers/mind，不是嗎？

・His explanation was too difficult for me to **grasp**. （他的說明太過困難，我完全聽不懂。）

follow

其原意是「**跟在後面**」。請想像你正在走路，跟著說明的腳步亦步亦趨地往前走。這就是 follow 的意象。

・I'm sorry but I don't quite **follow** what you're saying.

（很抱歉，我不是很懂你的意思。）

各式各樣的「理解」

接下來我們整理一些口語中較常使用的「理解」。這些都是相當常見的用語，請各位牢牢記住，多加活用。

■ get it

就是「了解」。特別用在明明重覆說好幾次了，卻還是無

法理解的情況。

- I've explained it a hundred times already but he just doesn't **get it**.

（我已經解釋上百次了，但他還是聽不懂。）

- He knows she likes him but he won't ask her for a date. I don't **get it**.

（他明知對方有意，卻不肯邀約她，我實在搞不懂。）

■ catch on

- My students really **catch on** quickly.

（我的學生理解得很快。）

　　請想像一台巴士朝你開了過來，你向它招了招手 (catch)，然後上了車 (on)。也就是一下子就理解話中的含意。

■ click

　　請將房間燈的開關打開。「喀嚓」一聲，原本黑暗的房間一下子變亮了。這正是這個動詞的意象。突然間就懂了、忽然之間就明白。

- I couldn't work out the ending of this whodunnit novel and then suddenly it **clicked**.

（我原本看不懂這部推理小說的結局，然後突然間就懂了。）

- I couldn't remember where I'd seen her before and then it **clicked**.

（我一直記不起來之前在哪裡見過她，忽然間就想起來了。）

　　大家一定不禁要問，為什麼 click 的主語都是 it 呢？這是因為要表現腦中的燈泡突然亮了的感覺。

接下來我們要來探討「情感」。首先就由「喜悅」開始說起。

please

please 的意思就是「使其 happy、使其高興」，但光是這樣的說明還不夠。這種高興是 flat（平淡的），或是 bland（溫和的），總之，不是那種令人感受到奔放熱情的感覺。常聽到 **Pleased to meet you.**（很高興見到你）的說法，我們可**不會覺得這句話帶有飛躍的喜悅**。也就是說，please 並非用來形容那種具有高低起伏的喜悅，這個動詞多用於語感較接近於「使其滿意 (**satisfy**)」的情況下。

· How did you know the golf sweater would **please** him so much?

（你怎麼知道送他高爾夫球衣會讓他高興呢？）

cheer up

請想想看 cheer up 之前的狀態。是不是無精打采，垂頭喪氣的呢？我們必須幫這樣的人打打氣，給他鼓勵。up 當然是指「心情變好」。

• Let's take Claire out to KTV tonight to **cheer** her **up** .（我們今晚帶克萊兒去 KTV 唱歌，給她打打氣。）

delight

delight 表示「很高興」。比 please 表示**更強烈的喜悅**。因為非常雀躍，心臟會砰砰地跳，有時也用以表示看到自己小孩在遊玩的情況，心想「孩子長大了」等暗自喜悅的模樣。總之，感情的起伏是相當激烈的。

• The news of Joanna's pregnancy **delighted** her parents.
（喬安娜懷孕的消息令她父母雀躍萬分。）

rejoice

非常地開心。**這種喜悅並不會隱藏在心裡**，而會 externalize（喜形於色）。當我們使用 rejoice 的時候，一定會有外在反應的。可能是滿面笑容，或是大聲歌唱，或是手舞足蹈，總之，這種喜悅會表現在外。

• Democrats **rejoiced** at the news of their victor.
（美國民主黨員為勝利的消息而欣喜若狂。）

你們看，這個句子是不是傳遞出一群人搭肩同歡，大聲呼喊的畫面呢？

　　此外，這個動詞的宗教色彩亦相當濃厚。

・Let's **rejoice**.（讓我們祈願與主同在。）

　　當然，此時 rejoice 所表現的並不是將喜悅默默地存放在心中，而是齊聲高呼「哈利路亞 (Hallelujah)」!

咯吱
咯吱

amuse

　　amuse 的意思是「**使心頭搔癢而笑**」。當聽到有趣的 (funny) 事時，心裡是不是會像被搔癢般情不自禁地想笑呢？就是這種感覺。

・His after-dinner talks never failed to **amuse** the guests.

（他在餐後的談話每每都能取悅客人。）

　　你們看，是不是撥動了客人的心弦啊! 這個動詞並非只有「逗人發笑」的意思，也有對某件事物很熱衷或是沈醉其中的意思。

・His new jigsaw puzzle kept him **amused** for hours.

（新拼圖讓他沈迷了好幾個小時。）

　　不過，其基本意象是不變的。你們看，新拼圖是不是撥動了他的心弦、令他很愉悅呢？

entertain

　　其焦點在於 performance（表演），使觀眾歡樂。沒錯，**entertainer** 就是**娛樂觀眾的表演者。**

· The comedian **entertained** us with his jokes and anecdotes.

（這個喜劇演員用笑話和趣聞軼事逗我們笑。）

　　除此之外，entertain 還有許多其他用法。「呼朋引伴，在家裡設宴款待」或是「抱持著某種想法」等。各位知道這些用法嗎？

· She loves to **entertain**.

（她很喜歡在家裡宴客招待。）

· How could you possibly **entertain** the idea that I would lie to you ?

（你為什麼會認為我騙了你呢？〔這個用法較生硬〕）

　　當然，上述這些用法並不須特別去記憶，只要記住 entertain 具有「**放在手上**」的意象即可。亦即將東西放在手上，把客人捧在手上招待，或是將某種想法放在手上…。你們看，這個意象也適用於上面這二個例句。什麼？「那麼，喜劇演員的例句又怎麼說呢」？當然，這也是基於相同的意象，就好比將觀眾捧在手上取悅的感覺…應該沒有問題了吧!

其次，來談談「憤怒」的情緒。「怒氣」也分成好幾個不同的程度。

通常為 make...angry

anger

這是指一般的「憤怒」。不過，這個動詞給人**稍嫌生硬**的感覺，所以，我們在日常會話中不太常聽到。較常見的用法是 make...angry。

- The coach's remark **angered** the fans.（教練的發言令球迷大為生氣。）

infuriate

強烈的憤怒。好像憤怒的情緒就要宣洩爆發一般，已經「**無法控制**」!

- The boy's insolent look **infuriated** the teacher.（男孩傲慢的樣子激怒了老師。）

annoy

一股蘊含在心中的怒氣。通常是因為「不愉快、厭惡感」而產生的。

· People who smoke in public places **annoy** me.

（看到有人在公共場所抽煙我就有氣。）

· It **annoys** me that she never cleans her room.

（我很氣她從不整理自己的房間。）

piss...off

覺得真的很「低級」。其怒氣比 annoy 來得強烈，可以用「簡直快氣死我了」來形容。

· I wish you'd stop whingeing—you're really **pissing** me **off**.

（我拜託你別再抱怨了，真的很讓人生氣耶!）

irritate

irritate 指「使人煩躁」。就像在敏感的肌膚上塗一層劣質的刮鬍膏，它會對你的肌膚造成刺激 (skin irritation)，讓你總覺得刺刺的。這就是 irritate 的基本意象。相同的一件事不斷地重複著，令人神經感到緊繃，最後便會大叫…「我受不了了!」就是這樣。

· Stop clicking your pen—it's **irritating** me.

（不要一直敲你的筆，這樣讓我很煩躁。）

好生氣

刺痛
刺痛

needle

needle 就是「針」。是不是猜到這個字的含意了呢？沒錯，就是**刺痛**的感覺。被不斷地刺傷，當然會生氣囉。

· Stop **needling** him about his baldness!（不要一直用禿頭的事來刺傷他。）

wind up

這個動詞也是表示「激怒」之意，但隱含著稍微複雜的心理。首先，請各位將已經停止的手錶上緊發條看看，手錶開始動了。wind up 的意象和這種情況有點類似，就是去轉緊別人的發條，讓別人忍不住生氣起來。沒錯，**以激怒他人為樂**。這種人實在很討厭。

· Calm down, Susan. You know how he loves to **wind** you **up**.（冷靜一點，Susan。妳知道他就是喜歡惹妳生氣。）

rile

這個動詞也會令人感覺到意圖。其意象是去攪拌水中的沈澱物，就如同左圖的狀態，也就是「**故意去激怒對方**」。

· It really **riles** me when he makes comments like that—and he knows it!

（他的評語簡直要把我氣死。他明知我會生氣還故意這麼說！）

以下收集整理了幾個帶有「悲傷」的負面情感的動詞。

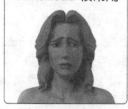

make...sad 較常用

sadden

　　就是 **make...sad** 的意思。日常會話中較常使用 make...sad，因為，sadden 給人較為生硬的感覺。使用 sadden 時，會帶有「當時不這麼做就好了」或是「為什麼會變成這樣呢？」等遺憾的心情。

· It really **saddens** me to see so many young kinds on drugs.
（看到那麼多孩子在吸毒真令人難過。）

upset

　　這個動詞原本的含意是「翻倒了」。
· Oops! I've **upset** my glass of red wine over the tablecloth.
（噢！我把盛著紅酒的酒杯翻倒在桌巾上了。）

　　由此衍生出**感情急遽 (sudden, un-expected) 跌落**的語感。

· The sight of all the Kosovan refugees really **upset** me.

（看到科索沃的難民真讓我心痛。）

　　這種感情急遽跌落的語感除了衍生出令人淚眼婆娑的「悲傷」之外，另一方面亦帶有「生氣」的語感。例句如下：

· For God's sake don't **upset** your father—I just want some peace and quiet.

（我拜託你不要再惹爸爸生氣了。我只想要安寧與平靜。）

　　此外，還會衍生出「沮喪 (disappointment)」的含意。

· She was so **upset** when she failed her driving test.

（她沒考上駕照非常沮喪。）

　　什麼？這些語意怎麼區分？看上下文應該判斷得出來吧!

depress

　　這個動詞會令人感覺到「**幽深**」，精神上相當消沉、心灰意冷，給人完全失去動力的感覺。當然，這個字是由 de（向下）+press（壓）而來的。我們常稱不景氣為 **depression**，這樣可以理解了嗎？

· The very thought of having to go back to work **depresses** me.

（一想到還得回去工作我就提不起勁來。）

disappoint

　disappoint 的意義為有個原本的「**期待值**」，但是並沒有達到該水準。

· I **disappointed** my parents by not becoming a doctor.

（我沒有成為醫生，讓父母很失望。）

distress

　精神上極端的沈痛。所有的悲傷、情緒的動搖、擔心等全部交織在一起。因此，即將沈沒的船隻或是快要墜毀的飛機所發出的「遇險訊號」就稱為 distress signal。大家應可體會出這個動詞所帶有的極端語感吧！

· Debbie was understandably **distressed** by the news about her mother.

（黛比在得知有關母親的消息時陷入極端的悲傷，這是可以理解的。）

愛就要大聲說出來

對人類而言，最珍貴的東西莫過於「愛」。

love

　　所謂 love 是指深植在內心深處「**具有一定份量的感情**」。即使小孩調皮搗蛋，但對他的「愛」卻不會因此而有所改變。當然，對異性的愛情也是 love。

・I **love** my kids.

・Darling, I **love** you more than words can say.

（達令！我對你的愛是無法以言語形容的。）

　　請看下面這個例句。有些人常會將其解釋為「所謂 love 就是比 like 還強烈的感情」，事實上，我並不認同此種說法。

・I **love** cheesecake.（我愛乳酪蛋糕。）

　　當然，love 是常出現在這樣的句子裏沒錯，但我認為這已經脫離 love 原有的含意，Chris 也認為這是 informal 的用法。

adore

我畫不出來

adore 指的是「強烈的愛情」。其中摻雜有 pride（驕傲）的心情。

· She **adores** her husband.

（她深深愛著她丈夫。）

這句話不僅表達了她對丈夫的愛情，也同時傳遞了作為他的妻子，她有多麼驕傲的心情。

當然，你也可以用如下的說法。但是，這也是偏離原意的 informal 用法。

· I **adore** your mothre's homemade apple pie.

（我喜歡你媽媽做的蘋果派。）

worship

喔喔

這個動詞是在 love 當中包含了**無條件的讚賞** (unquestioning admiration)。帶有「即使下跪也可以」的語感。

· She **worships** her grandfather.

（她敬仰她的祖父。）

當然也可以想像得到會有下面這種用法。

· Every Sunday they go to church to **worship**.

（每週日他們都會上教堂做禮拜。）

因為信仰本來就是 unquestioning admiration 嘛！

care

　　care 指「**覺得重要，在乎**」。我們常會聽到下面這樣的句子。

· I don't **care** what he says.
（他說什麼我都不在乎。）

　　不在乎，也就是覺得毫無價值。

　　當然，由此不只可衍生出 love 的含意，還會有「介意」、「關心」的感覺。

· Parents often seem to meddle, but it's only because they **care**.（做父母的似乎時常干涉子女的事，其實只是因為他們關心孩子。）

dote on

　　變成「**盲目的狀態**」。從旁人的眼中看來會覺得「這樣未免有點太過份了」。

· They all **dote on** the new baby.
（他們都太過於溺愛新生兒了。）

· Look how she **dotes on** her boyfriend
—it makes me sick.（你看她啦！那麼寵她的男朋友，我覺得很噁心。）

　　接下來要介紹的就是 dislike 類。以下依據討厭程度的不同，將此類動詞整理如下。

dislike

　　dislike 當然就是 like 的相反詞。話雖如此，其使用頻率卻不如 like 這麼頻繁，反而是 (do) not like 的用法較為普遍。由於這個字不太常用，所以如果用 I dislike... 的話，可以引起對方的注意，這可以說是這個動詞的優點。以下這種用法請大家記下來，因為中文不也常說「我並不討厭他，只不過…」嗎？

・I don't **dislike** him, but I wouldn't go out with him.
（我並不討厭他，但是我不會和他出去約會。）

hate

強烈的「**厭惡感**」。一般都將這個字譯成「討厭」。這是這類動詞中最常用的字。

· Everybody **hates** our new boss.
（每個人都討厭我們新來的上司。）

· She **hates** my guts.（她打從心底討厭我。）

依不同情況其厭惡的程度也會不同，不過，下面這種用法還是有點非正式。

· I **hate** jazz.（我討厭爵士樂。）

detest

指「**強烈的憎恨**」。

· Mary **detests** her mother-in-law.
（瑪莉非常憎恨她的婆婆。）

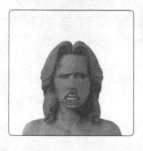

loathe

非常非常地…討厭，討厭到「**噁心想吐的地步**」。

· I **loathe** any form of prejudice.
（不管是什麼形式的偏見我都厭惡至極。）

· Most people **loathe** cockroaches.
（大多數人打從心底討厭蟑螂。）

despise

despise 的基本概念為「**look down on**」（輕蔑）。有時依上下文也會有「討厭」的用法，不過一定會伴隨著藐視的語氣。

· She **despises** the poor immigrant workers.（她瞧不起貧窮的外籍勞工。）

窗外下著細雨的某個夜晚，我正與 despise 的意義奮戰之時，無意中聽到 Chris 述說一段經歷，這是發生在南非教會某位牧師的故事。

在曼德拉 (Nelson Mandela) 尚未當上總統之前，這個教會就曾經邀請黑人一起參加他們舉辦的舞會。由於這位牧師平日就常向大家宣揚神愛世人的觀念，因此當一名黑人女性前來邀他共舞時，他當然就爽快答應了。

不過，當他近距離地看到該名女性時，卻突然間身體感到一陣強烈的不適，只能快速地衝往廁所，激烈地嘔吐。事隔數年之後，他向 Chris 哭訴自己「明明口口聲聲高喊著神愛世人，內心深處卻是個 racist（種族主義者）」。這種 despise 的情感是何等地深植心啊！不知不覺中，與自己意志全然相反的 value system（價值體系）已深植在心中了。

abhor

這是相當艱澀的單字。雖然意為「嫌惡」，其基本意象卻是「**偏離道德**」，由原本的「嚇到身體發抖 (shudder)」衍生出「討厭到身體發抖的地步」的含意。

· Don't you **abhor** terrorism?
（你不憎惡暴力行為嗎？）

各位是以怎樣的心情來看待強姦殺人犯或是恐怖份子呢？是不是覺得他們「不是人」呢？沒錯，就好像看到外星人一樣，混雜著嫌惡和不愉快的感覺。abhor 正是描述這種心境的最佳動詞。

好想要哦…

　　感情並不是只有喜怒哀樂而已。想要獲得某樣東西的「慾望」也是一種感情的表現。

想要

want

　　want 是這類動詞的第 4 棒（最強的一棒）。亦即想要獲得某樣東西的「慾望」。

· Who **wants** an ice cream?
（誰想要冰淇淋？）

· He **wants** me to marry him.
（他想要我嫁給他。）

　　want 原為「**欠缺**」之意。由此衍生出為了彌補欠缺的部份而「**想要得到手**」的意義。當然，因為要彌補欠缺的部份，也會連帶地產生「**必須**」的語感。

· You **want** to study more if you hope to pass the exam.
（你如果想要通過考試就必須更加用功。）

　　此外，**in want of**（需要）雖然不是動詞，也請牢牢記住。

· Many earthquake victims are still **in want of** adequate shelter.（許多地震受災戶仍然需要避難所。）

這裡附帶提到一些題外話。當想要什麼的時候，我通常都會避免使用 **I want...** 的用法。因為這種用法會給人一種「我要…，我要…」等 babyish（像嬰兒一樣的）的感覺。所以，這種情況下，我都會用 **I would like...**（若是不行也沒關係）這種留有轉圜空間的表現方式。

wish

　　這個動詞和 want 的意義非常類似，但是**不會令人感受到赤裸裸、強烈直接的慾望**。wish 與 hope 相似，給人一種語帶含糊 (cloudy) 的感覺。正因為它所表現出的並非直接、赤裸的感情，所以非常適合用於恭敬、正式的場合。

- I **wish** to make a complaint.

　　是不是呈現了委婉地向上司表達不滿的景象了呢?再看下一個例句。

- You may join us, if you **wish**.（如果你希望的話也可以加入我們。）

　　因為 wish 是很恭敬、正式的用字，所以在祝福等特別的場合 (**special occasion**) 也經常使用這個動詞。

- We **wish** you a happy Christmas/birthday/anniversary....
- We **wish** you every success in your new job.（祝你事業成功。）

　　當然, wish 也可以用於各位所擅長的假設語氣, 用來祈願非現實、不可能實現的事。因為 wish 表現出的「**非直接赤裸的感情**」的特性正適合這樣的用法。

- I **wish** there was something more I could do.
  （真希望有什麼我可以幫上忙的。）
- I **wish** I were taller.（真希望能夠長高一點。）

　　在學習語言這條路上，意象真的扮演著很重要的角色吧!

desire

　　desire 當動詞使用時是相當艱澀的一個單字（當名詞使用就不會那麼生硬）。它給人一種「引頸期盼」的感覺。

- To live abroad is what I've always **desired**.（我一直企盼能夠在海外居住。）

癮

crave (for)

　　指強烈的「渴望」，垂涎三尺的感覺。這個動詞用於描述毒癮者或酒精中毒者的情形是最貼切的了。

- I'm an alcoholic so I **crave** a drink, but I know I can't have even one.

（我是個酗酒者，我非常渴望喝酒，不過我知道我一杯都不能喝。）

- That kid **craves** affection.（那個孩子渴望被愛。）

心繫…
的感覺

long (for)

　　衷心地希望。這個希望並不是短暫的，而是「長時間一直抱持著」的，因為用了 long 這個字嘛。

　　不過, long (for) 所表現出的並非只是單純的希望而已，還會令人感覺到為了達成願望而付出的努力。

- I **long** to see my family and homeland again.

（我期望能夠再次見到我的家人和故鄉。）

- I'm **longing** to find a new job.（我很希望找到新工作。）

第 6 章

表示傳達的動詞

表示傳達的動詞

　　本章廣泛蒐集了許多和傳達有關的動詞。從單純的談話、說話方式類的動詞，到教導、說明、建議、允許、拒絕，甚至稍微抽象的傳達類動詞都有詳細的解說。

談話

　　首先就由 talk 類開始說明吧! 以下介紹的都是一些比 talk 的口吻還輕鬆的動詞。

chat

　　指 friendly 的「**毋須客套、推心置腹的談話**」。

· I'd love to **chat** longer with you but I have to get back to work.（我很想跟你再多談一會兒，但我得回去工作了。）

　　have a chat 雖用於與 chat 相同的情況，但也用於談論較嚴肅的話題。此外，還有 have a word 這種用法，這是令人感到說話者權威的表現。如果老師對你說 "**Can I have a word?**"，那可就「大事不妙了!」。

· Please find time to **have a chat** with Kelly — she's really depressed at the momtent.

（請找時間和凱莉談一下，她現在相當沮喪。）

chatter

　　chatter 這個動詞與中文「喋喋不休」的語感相當類似。給人**一點也不重要、non-stop（中間不休息）地說著**的感覺。這個單字還會令人聯想到寒冷時牙齒不斷打顫的聲音。由此衍生出不斷說話的含意。

・ My mother-in-law can **chatter** about nothing all day.

（我婆婆可以一天到晚都在嘮叨一些無聊的事。）

natter

　　我們不太常聽到美國人使用這個動詞。natter 這個動詞的基本意象就是「**閒聊**」。見到久未見面的朋友會問道：「老王最近怎樣？」、「你現在在做什麼？」，或是對鄰居的太太說：「我家的貓摔傷了」、「隔壁的太太長得好怪喔」，anything/everything 都可以當作話題。感覺上這種東家長西家短的閒話可以**拉拉雜雜扯的很長**。

・ If you spent less time **nattering** you'd get more work done!

（假如你少花一點時間閒扯，你可以做更多事。）

介紹完 talk 類之後，接下來我們要來談 speak 類。亦即「說話的方式」。

我跟你說哦…

whisper

幾乎不發出聲音地說話。往往帶有「悄悄話」的感覺。

· Stop **whispering**—it's very rude.
（不要講悄悄話，這是非常失禮的。）

· "Why are you **whispering**?" "Because the baby's sleeping."
（「你為什麼說話這麼小聲呢?」「因為寶寶在睡覺啊!」）

真是的
真是的真是的
真是的真是的真是的
真是的真是的真是

mutter

雖然這也是低聲地說話，但語氣中含有**憤怒或不滿**。通常並不是和他人在對話，都是自己一個人咕咕噥噥地發牢騷。我有個朋友生氣的時候就是這樣子，他可以在不張開嘴巴的狀態下抱怨個不停。

・ "Why do women always have to serve the tea?" she **muttered**.（她嘴裏唸唸有詞：「為什麼是女人就得幫大家倒茶?」）

murmur

「難以辨識、聽不清楚」的聲音。

各位是否曾經夜宿過海邊的平房呢？晚上睡覺的時候就會聽到海的聲音。咻嘩嘩嘩…咻嘩嘩嘩…咻嘩嘩嘩…咻嘩嘩嘩…咻嘩嘩嘩…咻嘩嘩嘩…咻嘩嘩嘩…咻嘩嘩嘩…這就是 murmur 的意象。並不是聽得很清楚的聲音，而是低沈又難以辨識的聲音。

・ He **murmured** something just before he died, but I didn't catch it.

（他在死前喃喃地說了一些話，但我聽不清楚。）

・ Some of the staff **murmured** their disapproval of the new wage agreement.

（許多職員喃喃地表示他們對新的薪資協定感到不滿。）

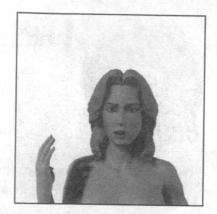

接下來我們來談談較廣義的溝通吧！ 首先是「教導」，亦即 teach 類。

teach

亦即 **show how to do/learn something**。這是最常用的動詞。

· My dad **taught** me to ski when I was a kid.

（當我還小的時候，父親教我滑雪。）

· Who **teaches** you French?

（誰教你法文的?）

下面這個句子又如何解釋呢？

· "My girlfriend dumped me!" "That will **teach** you not to play around."

（「我被女朋友甩了。」「這給你一個教訓，不要太花心。」）

teach 並不限於「教別人什麼」，也經常用於因某個經驗而學到教訓的情況。

educate

educate 這個動詞比 teach 還有「深度」。具有花長時間學習 life skill 或知識的語感。

· I was **educated** in England.
（我是在英國受教育的。）

· Kids must be **educated** about the dangers of drug abuse.
（我們應該教導孩子濫用毒品的危險。）

instruct

我們來 instruct 錄影機的用法吧! ①先插上電源，②取出錄影帶，③將錄影帶放進插入口中，④確認家人是否不在…等，instruct 是指**使用方法的 teaching**。各位應該聽過 **list of instructing** 的用法吧!

· We've already **instructed** them in the use of the emergency rescue equipment.
（我們已經教導他們緊急逃生設備的用法了。）

coach

coach 指的就是「教…教練，我已經打不動了。連續發 1000 顆球實在是太難了…」這樣被訓練、指導的情況。

· I used to **coach** the school soccer team.（我曾經教過足球校隊。）

train

　　有「密集教育」的感覺。針對工作或
是任務等教導必備的技術。

- It takes time and money to **train** good counsellors.

（訓練出優秀的顧問需要花費時間和金錢。）

- My team has been **trained** to cope with the most extreme conditions.

（我的隊伍已經被訓練成能夠應付任何最艱難的狀況。）

緊接著我們要整理一些和「學習」有著密切關係的單字群。

study

　　study 最常用來指在學校的學習。亦即，從上課或書本中習得知識。其主要的意象就是小孩（學生）坐在書桌前努力讀書的樣子。這個字的名詞形用於 philosophical studies（學科）時具有 academic（學術上）的意義，解釋為學科或研究。不過，動詞形的用法就不具有這種意象。

・What do you **study** at university?（你在大學裡是修什麼的？）

　　有趣的是 study 這個動詞會令人聯想到「**努力研讀、仔細推敲**」的感覺，因為 study 給人注意力集中並深入閱讀的感覺。

・I'll need to **study** all the documents before reaching a decision.

（在下決定之前我需要研讀所有的資料。）

research

　　其重心在於「仔細的、有系統的探索」，其中也包含了學術性的研究。當然，還帶有進入未知領域、發掘新事物的語感。

・Doctors will be **researching** into the cause of AIDS for many years to come.（醫生們今後將花好幾年的時間去研究愛滋病的病因。）

learn

　　重點在於「**知道**」。也就是**學會**、**記住**被教的事物、所發現的事物。

・Kids **learn** a language far more quickly than adults.

（小孩子學語言比大人還快的多。）

・Lucy **learnt** to swim when she was very young.

（露西很小的時候就學會游泳。）

　　當然，由於重點在「知道」，因此也會有下面這種用法。

・I **learnt** the fact that Abe is going to live in Australia.

（我知道艾伯將搬到澳洲住的事。）

　　有趣的是，這個字也可以用在人生經驗等場合，因為可從經驗中**學會**一些事情。

・She's still got a lot to **learn**.

（她應該學的事還有很多。）

　　人生就是要活到老、學到老，不是嗎？

investigate

　　這個動詞隱含有「痕跡」、「足跡」、「追蹤」的語感。沒錯，就是獵人沿著足跡去追蹤獵物的感覺。因此，investigate 表示徹底調查，帶有濃厚的「**追求原因、事實真相**」的色彩。

· Police are now **investigating** the causes of the tragic accident.

（警察正在調查這起悲慘事故的原因。）

delve (into)

　　在收銀台前找錢包，將手深深地伸入購物袋中，「咦，怎麼摸不到錢包」，這就是 delve 的意象。**去鑽研、探尋是否有更多的資訊，其重點在於「depth（深度）」。**常用在「delve 他人的隱私」這樣的句子中。

· I don't want anyone **delving into** my personal affairs.

（我不希望任何人干預我的私事。）

接下來是「說明」類。是不是一直覺得只知道 explain 一個字不太夠呢?

explain

這是「說明類」最常被使用的動詞，**幾乎沒有什麼特殊的語感**，只是單純地「說明」。

- Could you **explain** the use of "present perfect" again?

（你可以再說明一次現在完成式的用法嗎?）

show

show 的基本意象就是「**讓對方看**」，屬於「視覺系」的動詞。當然在做「說明」的時候，往往是實際操作給對方看，或是舉出具體的例子，邊進行說明。亦即，**You let people see how something is done.**。

・"I don't know how to do this." "Don't worry. I'll **show** you."
（「我不知道怎麼做。」「別擔心，我會做給你看。」）

　　你們看，是不是有一邊做給對方看，一邊解釋的感覺呢？那麼「在國中學到的 Can you show me the way to the station? 又是給對方看什麼呢？」這也是「讓對方看」先走這條路，然後在下一家商店左轉…像是畫圖一樣的跟對方說明。如果體會的出這種語感的話，下面的情景自然會浮現出來喔！

・I'll **show** you how to pick up girls!（我來教你怎麼向女生搭訕。）

　　你們看，這也是「做給對方看」吧！

demonstrate

　　這個字的語感和 show 一樣，不過，感覺卻不一樣。當示範說明的人想要**吸引周圍的人仔細聆聽**每個階段的說明，這樣的情景使用這個動詞最適合不過了。

・The salesman **demonstrated** how the new vacuum cleaner worked.

（這名推銷員展示新吸塵器的功能。）

illustrate

　　由 **illustration** 表示插圖之意，我們即可了解 illustrate 是**使用圖表說明的視覺系動詞**。

・Let me **illustrate** our company's structure using this flow chart.

（讓我用這張流程圖說明一下我們公司的組織架構。）

・The latest figures clearly **illustrate** the dramatic drop in unemployment.（最新的數字清楚地顯示失業率降低了許多。）

　　在表示傳達的動詞當中，最顯著的就是「讓對方做什麼」這種型態的動詞。這類動詞的種類還不少。首先就從「建議」類開始說明。

你這樣做比較好…

哦！

advise

　　advise 指「建議、忠告」。這個動詞會給人一種自己（主語）**比對方還有經驗或是懂得比較多**的感覺。如果一個不怎麼樣的人要給我們建議，是不是有點莫名其妙呢？

・I **advised** her to shop around before buying her plane ticket.
（我建議她在買機票之前最好到別家比價看看。）

GOOD!

recommend

　　這是推薦什麼給別人時最常用的單字。其意象是將什麼拿在手上使他人注意，然後告訴對方「這個不錯」或是「這是必備的」這樣的感覺。

- I **recommend** that you get cholera and yellow fever vaccinations.（我建議你最好打霍亂及黃熱病的預防針。）

　　這個字的口吻相當輕鬆，可用在一般日常生活中。

- Can you **recommend** a good Indian restaurant?

（你可不可以推薦我一家不錯的印度餐廳?）

- What do you **recommend**?（你要推薦什麼?）

suggest

　　suggest 只是**把自己的想法告訴對方**，「這麼做應該不錯才對」。並**不像 propose 一樣有種紮實感**。suggest 只不過是說出自己的看法而已。

- I **suggest** you phone her and say you are sorry.（我覺得你最好打個電話給她，向她說聲對不起。）

- Can I **suggest** we finish this later? I'm starving!

（我們可不可以待會兒再做完它? 我快餓扁了!）

propose

　　propose 常被譯成「提案」。其實這個字具有一種紮實感，有種**「在事前仔細琢磨後才發言」**的感覺。而 suggest 往往是在講話的當時才想到的。因此，這個字當然比 suggest 還多了一點「認真」的語感。

- I **propose** a radical downsizing of the company.

（我提議公司大幅瘦身。）

　　仔細一想，「求婚」也是使用這個動詞。

- I **proposed** to her on her birthday.（我在她生日那天向她求婚。）

　　因為提出的是 **serious commitment**（認真的承諾）嘛!

以下要介紹「令對方進行某種行動」的動詞。也有不少喔!

這樣聽起來,他一定長得很難看吧!搞不好有 4 個鼻孔,分不清是眼睛還是疙瘩,還是長得像魚一樣。不過,話說回來,妳還是仔細地考慮一下比較好吧!聽說他的父親是個地主呢!而且在地方上很有地位,妳應該懂我的意思吧!妳只要忍耐一下跟他結婚,不就……。

persuade

persuade 是「**說服對方做…**」,這當然會和「口」扯上關係。就是經由一番談話,把對方引向某個方向。

· It took me ages to **persuade** her to marry me!

（我花了好久的時間說服她嫁給我。）

使勁地推

lean on

讓人感覺到相當「**沈重的壓力**」。有如脅迫般的壓力。當然這是從「靠在…上」的意象衍生而來的含意。

· Our editor's **leaning on** us to finish the next book.

（編輯部門強烈要求我們完成下一本書。）

force

　　force 當名詞使用時表示「武力，暴力」，帶有強制施加壓力要對方做的感覺。這個動詞語感的重點在於「**對方明明不願意，卻勉強對方去做**」，甚至含有威脅、暴力的味道。

- Poverty **forced** him into a crime.（窮困逼迫他犯罪。）
- You don't have to accept—nobody's **forcing** you.
  （你不需要接受，沒有任何人強迫你。）

order

　　「**You have to do it!**（你必須做！）」正是 order 的語感。沒錯，就是命令。說明太過簡短還請大家多包涵。總之，這個動詞會令人感受到權威和力量。

- The boss has **ordered** me to work late tonight.（老闆要我今晚加班。）

command

　　其語感和 order 差不多。不過，這是更為正式的用字。大都用於**將軍或國王發出命令**的情況。

- Henry VIII **commanded** that his wife be beheaded.
  （亨利八世下令將他的老婆安妮斬首。）

「允許」亦屬於傳達動詞的一環。這一類動詞中也包含了超級重點字 let。

LET

大家在中學時代都學過「let= 讓～做…」吧!

· **Let's** play tennis.（讓我們來玩網球吧!）

其次，各位應該也學過「let 是使役動詞」才是。

· The policeman **let** the driver go with just a warning.

（警察只給這名司機一個警告就讓他走了。）

此外，在日常生活中也經常聽到下面這種用法，

· Please **let** me know about it.（請讓我知道。）

那麼，問題來了，到底 let 真正的意義是什麼呢?

接下來我們就來了解 let 的真面目。大家準備好了嗎? 其實，let 就是「**同意（允許）**」的意思。什麼?「太簡單」嗎? 沒錯，就是這麼簡單。再怎麼說，我也是個大學教授。可以的話，我也希望

教給各位一些非常非常複雜難懂的意義，不過，這個字就是這麼簡單，我也沒辦法啊！

　　雖說是「同意」，但並不是很鄭重其事地同意、答應。例如，在上課中學生表示「老師，對不起，我可以早退嗎?」老師說道「看你很不舒服的樣子，就答應你好了…」這類慎重其事才同意的情況就不適合使用這個單字。請大家看下面這幾個例句。

· Liz wouldn't **let** me kiss her!（麗茲不讓我親她。）

· My parents won't **let** me go to the party.

　（我爸媽不會讓我去參加宴會。）

　　這兩個句子都不是鄭重其事地「同意（允許）」，甚至語感輕微到不需要將「同意（允許）」翻出來。

· Just **let** me make this phone call.（讓我打一下電話。）

· **Let** me see what you've done.（讓我看看你到底做了多少。）

· **Let** me know your address.（告訴我你的地址。）

　　是的，如果上面這幾句話硬要把「同意（允許）」譯出來反而會感覺格格不入。因為這裡 let 所代表的「同意（允許）」的含意只須輕輕帶過即可。

　　正因為 let 帶有的「同意（允許）」的語感相當輕微，所以也可以用在下列句子中。

· Why did you **let** the cat out?（你為什麼讓貓跑了出去?）

　　貓之所以跑到外面並不是因為積極的「允許」，而是因為沒注意到。以結果來看，這裡變成了「允許」的意思。

　　好吧！說到這裏相信各位已經體會出 **Let's**（Let us）的真正意義了。就是「請同意讓我們…」。

· **Let's** show them that we're made of!

　（讓他們見識一下我們的真本領。）

怎麼這麼簡單，真是不好意思。

allow

　　我們不會從這個動詞中嗅到 casual 的味道，反而帶有一種 serious 的語感。雖然 allow 譯成「允許」，但**其意象為「接受」**。

- I don't **allow** my students to use mobile phones in class.

（我不允許我的學生在課堂上使用行動電話。）

- We don't **allow** smoking in this cinema.（在戲院裏不可以抽煙。）
- I don't **allow** dogs in this house.（房子裏不可以有狗。）

　　以上每個句子都蘊含有「這種事我不能接受」的感覺。而且 allow 的主詞並不限定於人。

- The facts **allow** no other explanations.

（事實不可能有其他的辯解。）

- Extra money **allowed** us to buy a Merc.

（額外的錢讓我們買了一輛賓士。）

　　雖然主詞並不是人，但「接受」的意象依然不變。最後我們再來看看下面的例句。

- It must be **allowed** that he is telling the truth.

（無可否認的他說的是事實。）

- We're only **allowed** a two-minute break.

（我們只能有 2 分鐘的休息時間。）

　　什麼？有一點難？沒這回事的。由基本意象「接受」自然會衍生出「認同、認可」的含意，不是嗎？應該輕輕鬆鬆就能理解。啊，對了！大家應該也能依此類推出為什麼 allowance 有「零用錢」的含意吧！因為這是「被認可能夠自由使用的錢」。我老婆都只給我一點點，真是傷腦筋。唉！還不是因為賺得太少，有什麼辦法呢？**糟…糟了！我寫的太高興，佔用太多篇幅了。**

你們看

permit

　　這個動詞的含意和 allow 很相近，但用法比 allow 正式多了，permit 帶有**行政機關公事公辦**的感覺，而且語氣強硬。

・Foreigners are not **permitted** to own property in this country.

（外國人不被允許在這個國家擁有自己的財產。）

・I cannot **permit** you access to any high-level security area.

（我不能讓你進入高機密區。）

　　政府機關頒發的「許可證」不就稱作 permit 嗎？可見這個字的用法有多正式。

GO AHEAD!

authorise

　　如果知道 authority 是「權威」之意的話，應該就能了解 authorise 的意思了。其焦點在於 **official**（公務的、職務上的）、**legal**（法律上）的許可。這個動詞並不是被拜託什麼事時，隨便回答一句「好啊！」的感覺，帶有積極向前 go 的語感。

・Who **authorised** the bombing?

（是誰許可在這裏轟炸的?）

・The council has **authorised** the construction of a new city hall.

（議會已經認可市政府新大樓的建造。）

接下來要介紹的是「拒絕」類動詞。

refuse

「斷然地說 No!」的感覺。

- He is **refusing** to cooperate.

（他拒絕合作。）

- They **refused** to accept any money for the work.

（他們做這份工作拒絕接受任何酬勞。）

不用了，
謝謝

decline

雖然一樣是拒絕，但這個動詞偏向於鄭重地辭謝。婉言謝絕招待或幫助，或是拒絕發表個人意見時都可以用 decline。

- I **declined** the invitation to the movie premiere.（我婉拒了該電影的首映招待。）

- The Minister **declined** to comment on the scandal.

（這位部長拒絕對這件醜聞發表他的看法。）

reject

　　「不是啦！你的意見好像有點不是那麼符合這個狀況…當然也不一定就不好啦…所以我認為還是…」，像這樣欲言又止、含混不清、委婉又不乾脆的拒絕方式是不適用這個單字的。reject 指的是「**堅決且不帶一點猶豫地拒絕**」。沒錯，其意象就是「把東西丟出去，拒絕接受」。

・The committee **rejected** our proposal.
（委員會拒絕我們的提案。）

・I **reject** the idea that nuclear weapons serve as a deterrent to war.（我不贊成核武有助於抑止戰爭這種說法。）

　　大家應該也能抓住下面這句話的感覺。

・I'm tired of being **rejected**.

　　這是面試工作好幾次的學生常說的話。真的很希望他們多加把勁。

turn down

　　這是比 reject 更**口語的說法**。口氣上就沒那麼強硬了。

・The offer they made me was hard to **turn down**.
（他們的請求我很難拒絕。）

　　什麼？「為什麼要用 turn down 呢？」其實道理很簡單的。請各位 turn down 自己的姆指看看（如圖所示），就會知道答案了。

deny

就是「**不允許**」。

· They **denied** me access to the building.

（他們不允許我進入這棟大樓。）

拜託了！

請求對方某件事——這也是一種傳達。

捨棄自尊

拜託你啦！

beg

　　這個字有「拜託你，真的拜託你，我除了靠你就沒其他辦法，我已經捨棄自尊來求你了，就請你答應我啦…」的感覺。

・I'm **begging** you to help us—there's no one else I can turn to.

（請你幫幫我——我已經沒有人可以拜託了。）

implore

　　implore 是以 **cry** 為中心的動詞，指感情潰堤地請求。一般日常生活中不太會用到這個字，大部分用於文學作品中。

・She **implored** the authorities to let her keep her children.

（她懇求當局讓她留下孩子。）

plead

　　plead 的焦點放在「拜託啦拜託啦拜託啦拜託啦…」這種**糾纏不休的請求**上。隱約可見其事態之嚴重與急迫。

・"Don't kill him," **pleaded** the mother, but the men ignored her.

（「別殺我的孩子!」這個母親苦苦哀求，但那些男人卻完全不理會她。）

・She **pleaded** with the rapist to stop but to no avail.

（她懇求強暴犯住手，卻一點用也沒有。）

appeal

　　其意象為「**大聲說出**」，為了尋求 help（幫助）與 sympathy（同情，贊同），為了讓大家聽到、了解，而將音量提高。

・The stadium announcer **appealed** to the rioting fans to remain calm.

（球場廣播員呼籲暴動的球迷保持冷靜下來。）

・The victims of the earthquake are **appealing** for food and shelter.（地震受災戶高喊需要食物和避難所。）

　　了解 appeal 的基本意象後，應該也可以輕鬆體會出下面這句話的語感。

・The idea of spending 2 weeks on a tropical island certainly **appeals** to me.（熱帶島嶼 2 週遊聽起來很吸引人呢!）

　　彷彿聽到「好耶!」的聲音在呼喚的感覺吧!

欺騙

接下來要介紹的是「欺騙」類動詞，這也是傳達動詞的一種，而且是相當耗費精神的。

deceive

指「說謊騙人、陷害人」。如此一來，自己所期待的事就可以稱心如意了。這個動詞感覺上欺騙程度相當嚴重。

· They **deceived** him into handing over his life savings.

（他們將他一生的積蓄都騙走了。）

delude

這個動詞雖然也是「欺騙」，但其焦點在於「判斷力的減退」。降低對方的判斷力，使其相信自己的謊言。

· Aum leader Asahara **deluded** many intelligent people into following him.

（奧姆真理教的教主麻原彰晃迷惑許多知識份子跟隨他。）

相信大家應該都知道，這個動詞經常以 **delude oneself** 的形態出現，意思是「連這樣的事你也相信」，這也和判斷力的降低有關。對於這種 delude oneself 的人，我們可以嘲笑他，或是多打幾個耳光讓他清醒過來。

· He **deludes himself** into believing that everyone loves him.
（他自我欺騙，以為大家都喜歡他。）

trick

　　trick 這個動詞最先讓人聯想到的就是「**clever!**」，欺騙他人的手法巧妙，有「狡猾」的暗喻。

· He really **tricked** me with that disguise.（我真的被他的喬裝打扮騙了。）

· Only when they tried to sell the diamonds did they realize they had been **tricked**.（當他們要去賣鑽石時才發現自己受騙了。）

fool

　　fool 經常令人聯想到「笨蛋」。因此，這個動詞雖然同樣是欺騙，但卻隱含有被「**單純的陰謀**」所欺騙的語感。沒錯，就是「你是笨蛋啊！」的感覺。常在電影當中出現的 **You can't fool me.** 這句對白就很接近「我才沒笨到相信你說的話」。

· Don't be **fooled** by his smooth talking.
（別被他的花言巧語所蒙騙了。）

　　當然，這個動詞也不一定要用在很嚴肅的場合。

· Don't listen to her—she's just **fooling**.
（別聽她的——她只不過是在開玩笑而已。）

cheat

　　這個動詞的重點在於 **dishonesty**（不正直、不誠實）。不管是 **cheat at cards**（用撲克牌詐賭）、**cheat in a test**（作弊）、**cheat on his wife**（外遇）等用法，都可以感受到 dishonesty。詐騙他人錢財的情況也經常使用這個動詞。

· Why do car salesmen have the reputation of **cheating** their customers?（為什麼汽車銷售員往往被認為是在欺騙顧客呢?）

mislead

　　指「**指引到錯誤的方向**」。給予不完全或錯誤的資訊來欺騙他人。

· The management deliberately **misled** us into believing that our jobs were safe.

（經營者企圖讓我們相信現在的工作是安全的。）

第 7 章

表示授受的動詞

獲得 receive / gain / earn / inherit

捨棄 get rid of / remove / dispose of / shed / eliminate / erase / throw away / throw out

給予 give / provide / supply / furnish / equip / issue / hand / donate / grant / present

表示授受的動詞

　　終點站已經快要到了。本章我們要來探討「表示授受的動詞」。以下將介紹 get 的伙伴「獲得」，其相反詞「捨棄」，以及「給予」某人某物的動詞群。

　　讓我們再加把勁繼續衝刺吧！ 表示獲得的動詞最重要的就是 get 和 take 這二個動詞。這已經在《自然學習英語動詞——基礎篇》中說明過了。所以本章就從 receive 開始說起。

▌receive

　　receive 並沒有什麼特殊的語感，只是表示「得到」之意的一般用語。以下我們就舉幾個例句供大家參考。

- Did you **receive** my e-mail?
  （你有收到我的電子郵件嗎？）
- She never **received** a good educaton.
  （她沒有受過良好的教育。）
- The Queen was **received** warmly by the Tongan people.
  （皇后受到東加人民熱烈的歡迎。）
- The change of rules was well **received** by most members.
  （幾乎所有成員都已充分了解規則的變更。）

　　雖然譯法並不相同，但是，其基本意象卻是共通的。

gain

　　gain 這個動詞的基本意象雖然是 get, 不過卻帶有「**得到有價值的事物**」之意。例如獲得寶貴的經驗、取得信賴、得到知識、受到歡迎、受到尊敬等, 總之, gain 的受詞都是具有價值的事物。

· My daughter **gained** a scholarship to Cambridge.
（我女兒獲得劍橋大學的獎學金。）

earn

　　earn 這個動詞與 gain 相同, 一樣帶有「獲得有價值的事物」之意, 但 earn 會令人覺得「**付出相當的努力**」, 絕對不會出現在「好幸運喔!」這類的句子當中。

· How much do you **earn** a month?
（你一個月賺多少錢?）

　　當然, earn 這個動詞並不只用在金錢方面。

· After years in the field, she **earned** her reputation as the BBC's top war correspondent.
（經過多年在戰場上的出生入死, 她獲得了 BBC 最佳戰地特派員的榮耀。）

　　總而言之, earn 就是付出努力而得到具有價值的事物。這是我相當喜愛的一個動詞。

inherit

inherit 是因為「死亡」而得到，就是「繼承」之意。

· I didn't buy this house; I **inherited** it from my parents.（這房子不是我買的，是從我父母那裏繼承的。）

如果這個動詞只限於「繼承」之意，那在日常生活中必然不會經常使用，因為，人們不會三天兩頭就碰到有人去世。所以囉，inherit 這個動詞的意義並未限定在如此狹小的範圍內，也能用來表示「**遺傳了上一代的特徵**」之意。

· Pat **inherited** his mother's good looks and his father's charm.
（派特遺傳了媽媽的美貌和爸爸的魅力。）

· I **inherited** this debt when I took over the business.
（當我接管這份事業的同時，債務也隨之落在我的身上。）

inherit 也經常如此地使用於日常生活中。

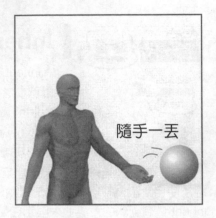

隨手一丟

接著，我們要介紹「獲得」的相反詞，「捨棄」的動詞群。

不需要

隨手一丟

get rid of

　　擺脫、去除、丟掉、驅除…等，get rid of 的譯法雖然有很多種，但是意象卻非常單純，就是 get 的相反。若要談起 get 的頭號相反詞，那肯定就是 get rid of 了。請大家看看下面的幾個例句。

· I'll have to **get rid of** these old clothes.
（我得把這些舊衣服丟掉。）

· It's difficult to **get rid of** cockroaches, isn't it?
（蟑螂很難驅除的，不是嗎？）

· He **got rid of** his secretary becuse she was useless.
（他開除了他的秘書，因為她毫無用處。）

· Johnny's just been sick. Bring some spray to **get rid of** the smell.（強尼吐了，拿瓶除臭噴霧劑來除去這味道。）

· I've had a cold for 2 weeks now—I just can't **get rid of** it.
（我已經感冒 2 個星期了──我沒辦法治好它。）

你們看，「雖然每一句話的譯法都不同，但歸根究底都是 **get** 的相反詞」，不是嗎？而且，get rid of 還帶有 **unwanted**（不需要）的語感哦！

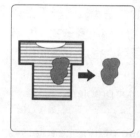

remove

remove 的基本意象是「**將事物從原本存在的地方除去**」，帶有「除去本來不應該在那裡的事物」之意。

- This new detergent **removes** all kinds of stains.

（這個新的清潔劑可以洗淨任何污垢。）

連鞋子或衣服也都可以用 remove 這個字。

- Please **remove** your shirt ready for the X-ray.

（請將襯衫脫掉以便照 X 光。）

- Please **remove** your shoes when entering this temple.

（進入這座寺廟時請脫鞋。）

進入寺廟或是照 X 光時，鞋子和衣服應該是不必要的東西吧！如果可以抓住這種感覺的話，不妨試試下面的例句。

- We had to **remove** Professor Holmes from his position when he became so senile.

（我們必須解聘 Holmes 教授，因為他已經年老糊塗了。）

亦即「要他離職 (dismiss)」，因為他的腦筋已經不太清楚了，所以就成為「不需要的人」。再來看看最後一個例句。

- You mustn't **remove** any of these labels.

（這些標籤都不可以撕下。）

是不是感受到說話者傳達了「因為還有用，所以不可以撕下」的感覺了呢？

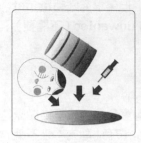

dispose of

　　dispose of 和 get rid of 的語意相當類似，差別在於這個片語比較強調「丟棄的地點」。例如，屍體、核能廢棄物、用過的針筒、或是黃臉婆等，總之，這些都不能隨意丟棄吧！

· How to **dispose of** nuclear waste is a major problem.
（該怎麼處理核能廢棄物是個重要的問題。）

· Many addicts don't care how they **dispose of** their needles.
（許多吸毒者根本不在乎把針筒隨意亂丟。）

　　當然，**大家千萬不要勉強去背誦**「處理、丟棄」的譯法。因為有些場合翻成「處理、丟棄」也不是很恰當，只要掌握住其基本意象，即可因應任何場合。

· It took Agassi no time to **dispose of** his first round opponent.

· Bond will have to be **disposed of**!

· Well, we finally **disposed of** the salary disagreement.

　　你們看，這幾句話的 dispose of 是不是應該翻成 **defeat**（打敗）或是 **kill**（殺死）、**solve**（解決）啊？也就是「將其處理掉」的意思。

shed

　　原本是指因為沒有必要，所以將之 get rid of 的意思，其中也帶有「從裡面流到外面來」的語感。

· It wouldn't harm you to **shed** a few

kilos!

（減肥幾公斤對你不會有什麼害處的。）

- The company had no choice but to **shed** 10% of its work-force.（這家公司不得不解雇 10% 的員工。）

　　大家感覺到了嗎？是不是有種從裡面流出了「幾公斤的體重」、「10% 的員工」的感覺呢？只要掌握這種語感，各位就不難理解 shed tears/shed blood 的意思了。沒錯，就是流出眼淚和血。

圖就是如此簡單！

eliminate

　　eliminate 的重點就在於「**完全的、徹底的**」。如果被 eliminate 的話，就表示一切都結束了，That's the end of the story 之意。

- Our aim is to **eliminate** drug abuse from the world.（我們的目標是讓毒品濫用徹底從世界上消失。）

　　大家都知道這個動詞有個很有趣的衍生意義吧！沒錯，就是 kill。

- In this game you have to **eliminate** all the demons.

（在這個遊戲中你必須把惡魔全部殺光。）

　　正因為基本意象「完全的、徹底的」，具有非常強烈的語感，所以才會衍生出這種含意。

erase

　　請在黑板上寫一些字。寫好了嗎？好，接下來我們將黑板上的字**擦掉**。這就是 erase 的語感。是不是很簡單呢？

- **Erase** everything on the blackboard.

（請將黑板上的字全部擦掉。）

這個動詞並不限於用在擦掉文字的情況，重要的檔案也可以 erase，不想要的回憶也可以 erase，其意象都是一樣的。只要體會得出這種語感，下面的例句自然迎刃而解。

· The whole village was **erased** in the flood.

（這整個村莊都被洪水所淹沒了。）

throw away

　　左圖即為這個片語的意象，用動作來記比較容易，不是嗎？

· Just **throw away** the stuff you don't need.

（把不要的東西丟掉。）

　　即使不是具體的物，也可以 throw away 喔！

· He **threw away** his family, his career, everything, all for some cheap floozy.（他為了那個放蕩的女人拋棄他的家人、工作和一切。）

是不是覺得這張插圖和上一張一模一樣呢？不過，有一個地方不一樣喔！請各位找看看哪裡不一樣。

· 去蕪存菁一點（丟掉）

throw out

　　這個片語和 throw away 沒什麼太大的差別，但重點在於 out。正因為使用了 out，便自然產生了「從某個場所把什麼丟出去」的感覺。如果能夠掌握這個意象的話，也就能夠體會為什麼這個片語經常用於大掃除、整理髒亂或是驅逐、把壞蛋攆出去等句子中的道理了。

· If you lot don't settle down, I'll **throw** you all **out**.

（你們這群人如果不乖的話，我會把你們趕出去喔！）

接下來要介紹的是「給予」類動詞，也就是 give 系列的動詞群。數量還不少喔！

GIVE

give 是最最最 ... 基本的動詞，這點是無庸置疑的。什麼？你問我「為什麼不把它列在〈基礎篇〉當中介紹呢？」，這個嘛 …偶爾也是會有這種情形發生啦！

give 的使用頻率之所以這麼高，是因為它是不具有特定語感的**原型動詞** (prototype)。首先就由最典型的用法開始說明。

- What did Jerry **give** you for your birthday?

（傑瑞送你什麼生日禮物？）

正因為它是原型動詞，所以有許多事物都可以 give。

- I'll **give** you 5 seconds to drop your gun.

（我限你 5 秒之內放下你的槍。）

· She **gave** me 5,000 NT dollars for my old computer.
（她付我臺幣伍仟元買我的舊電腦。）
· Come on, I'll **give** you a ride home.（來吧！我載你回家。）
· Don't **give** me any of your germs.（別把細菌傳染給我。）
· My boss **gave** me hell for losing that document.
（我的上司嚴厲的指責我把文件搞丟了。）

　　請看上述例句的翻譯。除了「給予」之外，譯法可是大不相同。重要的是插圖所表示的意象，**只要符合此意象，即可隨心所欲地使用此動詞。**

　　說到這裏，似乎可以告一段落了，但還是希望介紹幾個較棘手的用法給各位參考。

· Professor Smith is **giving** a speech at the TEFL conference.
（史密斯教授預定在 TEFL 會議上發表一場演說。）
· They're **giving** a dinner party next Saturday.
（他們將在下星期六舉辦一場晚宴。）

　　這還算簡單，也就是對社會或人們 give 一場演說或一場晚宴。和插圖所代表的意象互相吻合。大家不妨再試試看以下的例句。

· I **gave** her a kiss.　　　　　（cf. I kissed her.）
· The news **gave** us a shock.　（cf. The news shocked us.）

　　give 經常和名詞結合，用以表示某種「行為」。例如：**give a laugh (=laugh)、give a piece of advice (=advise)** 等，此類的用法相當多，不論是使用「動詞」或「give ＋名詞」，它們的意象都是相同的。但是，用動詞 shock，還不如用 give a shock 更可以突顯「**突然出現在眼前，令人大為震驚**」的感覺。當然，也可以如 give a terrible shock 般在名詞之前添加修飾語，這是相當方便的用法。

擠壓

黑色放棄了自己的領土

最後，我要介紹一個絕招，請各位看好囉！

· The roof **gave** under his weight.

這句話是指「他的重量把屋頂壓垮了」，帶有將空間 give 出去的感覺，因為無法承受所以 give 了自己守護的範圍（請參照左圖）。當然也有較抽象的用法喔！

· This conflict has been going on too long—one side will surely have to **give**.（這紛爭已經拖太久了，鐵定會有一方投降的。）

那麼，這個動詞的說明就到此為止。真的一點也不難吧！

請笑納

provide

大家有沒有發現這個動詞是由 pro- 開頭的？也就是 **see beforehand**（預先看到，事先看到）的意思。將 see 之後覺得有用的東西提供給對方，讓對方使用，這就是 provide。如非必要的東西是不會 provide 的。

· The company **provides** all work clothing and equipment.
（工作服和設備均由公司提供。）

· The aid project aims to **provide** the local community with clean water.（援助計劃是以提供該地區乾淨水源為目標。）

所以也有 **provide for**（扶養，養活）的用法。就是 **look after in the sense of meeting someone's basic needs** 之意。

· I must work 7 days a week to **provide for** my family.
（為了扶養我的家人，我必須每天工作。）

supply

supply 的意思並不單單只是 provide 而已，重點在於「**一直持續地**」供應。「**滿足所需**」為其基本意象。

· We must find out who is **supplying** the weapons.

（我們必須找到武器的供應商。）

· All the city's water is **supplied** from this reservoir.

（這城市所有的水都是由這個貯水池供給的。）

furnish

其實 furnish 並不太用在「給予」的意思。是一個相當高雅的動詞。如果這個字從一個在酒吧玩樂的混混口中冒出來的話，一定會讓人深感訝異。

furnish 本來是指「放入家具」。就如同將 furniture（家具）放入家中一般，這個動詞指的就是給予所有必要的東西。

· My secretary will **furnish** any additional information you might need.（我的秘書會替你備妥你可能需要的資訊。）

equip

指為了執行某項特殊專門的工作，而 provide 該工作所需的裝備、必需品等。

· The officers will be **equipped** with bullet proof jackets.（警察都配備有防彈背心。）

· How much would it cost to fully **equip** a hospital?
（購置一家醫院全套的設備需要多少錢？）

就是這樣！equip 這個動詞帶有「**對一個必須應付某些狀況的人，提供其行動所需的一切物品**」的感覺。就好比「大力水手」的卡通裡，必須提供「卜派」必備的「菠菜」，這樣他才能擊退壞蛋。如此一來，下面的例句應該就不成問題了。

· Their military training didn't **equip** them for the real horrors of war.（軍隊的訓練並沒有教會他們如何面對真正戰爭時的恐懼。）

· Our education system must **equip** our children for later life.
（我們的教育體制必須教會我們的孩子如何應付今後的人生。）

你們看，訓練或教育都是為了應付今後的某種狀況而提供準備，不是嗎？

issue

issue 的意象為「到外面」，重點在於「**對外公開的** (official) 頒布、發行、發表等」。護照上不就有 Date and Place of Issue（發行日與發行地）嗎？

· The participants were all **issued** with name cards.（參加者都發有名牌。）

· The President will **issue** a statement to the press this afternoon.（總統將在今天下午對記者發表聲明。）

▎hand

　　當然，hand 的意象就是「手」，為「親手交給對方」之意。

- Please **hand** this message to Mr. Smith when he arrives.（史密斯先生到了之後麻煩將這張紙條交給他。）

我們順便來看幾個與 hand 有關的片語。過去各位應該都看過才是。

■ hand back（交回，歸還）

　　很簡單吧！就是親手交回原來的場所。

- **Hand** the file **back** to my secretary when you've finished with it.（檔案用完之後請交還給我的秘書。）

■ hand out（分發）

　　out 隱含有一種「向外發散」的感覺。

- I help **hand out** food and blankets to the homeless around Nantou.（我在南投幫忙分發食物和毛毯給無家可歸的人。）

■ hand in（提交）

　　不單只是交出，而有交給承辦人員的感覺。

- Time's up. **Hand in** your exam papers, please.
（時間到。請把考卷交上來。）

■ hand down（往下傳遞）

　　把傳統、習俗等流傳後世，由上一代交給下一代。

- My older brother's clothes were always **handed down** to me.（我總是穿我哥哥的舊衣服。）

■ **hand over**（交出）

　　這個片語和 over 的意象互相吻合，不是嗎？往往用在「不管對方是否願意」的句子中。

・**Hand over** your money or I'll kill you.

（錢交出來，否則我就把你殺了。）

donate

　　雖然其意象也是 give，但目的是「**為了幫助他人**」。捐贈血液或金錢等是最典型的例子。

・Elton John **donates** thousands of pounds a year to charity.

（艾爾頓‧強每年捐贈數千英磅給慈善機構。）

grant

　　grant 指「**授與許可**」等。一般都用於**上位者回應下位者的需求**。

・May God **grant** you good health.

（願上天保佑你健康。）

　　就像祈求上蒼給予恩典一樣，這種「上位者的感覺」，使得 grant 也可以用於政府機構或上司給予許可時。

・The Immigration Department refused to **grant** me a visa.

（出入境管理局拒絕發簽證給我。）

・The boss has **granted** your request for compassionate leave.

（老闆已經同意讓你請特別假。）

present

present 是個意義相當豐富的單字。光是當動詞使用，就有「贈送」、「介紹」、「演說」等各種含意。當名詞使用的話，還有「禮物」之意。而且，也可以如：He is not present at the meeting. 般當形容詞使用，為 absent 的相反詞「出席的」之意。此外，present 也有「現在的」之意，企業人士常用的「簡報」也是用「presentation」這個字。講到這裡，想必許多讀者不禁要問：「**要把這麼多的意義記住，以英語為母語的人是怎麼辦到的呢?**」。

在眼前

當然，以英語為母語者可不是一一死記這些意義，他們所認識的世界和我們也沒什麼不同。所有含意都是由一個簡單的意象衍生而來的。

present 的基本意象就是「**在眼前**」。因為是由 pre- 開頭的單字，我們就從這裡出發。如果能夠理解其基本意象，就已經征服了這個單字。首先，就從和動詞較沒有關係的含意開始說起。

a. The **present** chairperson is my wife.（現在的）
b. I don't want to get married at **present**.（現在）

其意象已經漸漸浮現出來了。在眼前…若就時間上來考量的話，就是「現在」。present 並不是單指「現在的某一個時間點」，而是「目前這段時間」。既不是「過去」也不是「未來」。b 句指的是雖然不知道以後會如何，但現在…，大家看出來了嗎? 好吧! 讓我們再繼續往下看形容詞的情形。

・John was **present** at the party.（約翰在這場宴會上出現。）

把基本意象「在眼前」放在場所中來考量的話，不正是「在」的意思嗎? 那麼，接下來我們來看看動詞形。

因為 present 的基本意象就是「**拿到面前來**」，所以很容易地

就和「給予」、「提出」聯想在一起(不需要特別去死記這些譯文喔!)。

· It's my pleasure to **present** Ms. Roberts with the award for "Best Actress of the Year."

(我很榮幸地頒發年度最佳女主角獎給羅勃茲小姐。)

· I have to **present** the final report to the board on Friday.

(我必須在星期五向委員會提出結案報告。)

　　和 give 相比,present 給人的感覺較為正式。當然依上下文的不同也可能會有「陳述」或「出示」的意思,總之,就是「拿到面前來」。

· We are here to **present** the Union's point of view.

(我們現在要來陳述公會的意見。)

· You must **present** your boarding card along with your passport.(你必須同時出示登機證和護照。)

　　大家覺得怎麼樣呢?乍看之下好像扯不上關係的釋義,但在母語者的語感中卻是相互有關聯的。還是一句老話,意象才是學習語言最重要的關鍵所在。

第 8 章

表示創造的動詞

製作 ① manufacture / assemble / turn out / fashion
② invent / devise / develop / concoct

破壞 smash / shatter / crack / fracture / split / snap / chip / crush / wreck / ruin

修理 repair / mend / fix / restore / renovate

表示創造的動詞

　　愈來愈靠近終點了。大家會不會覺得有些落寞呢?「才不會呢!」。哦! 這樣啊……。

　　本章一如往常, 除了表示創造的動詞之外, 也介紹其相反詞。「製作」的相反就是「破壞」。光介紹這兩類動詞好像有點略嫌不足, 因此筆者也將「修理」類動詞附在最後一併說明。請大家繼續努力吧!

製作

① 具體的

首先就來看看幾個具體的製作方法。

manufacture

　　其重點在於「製造大量的產品」。這個動詞原本是指 make by hand（因為字首是 manu-），後來衍生出**利用工業機器ㄎㄨㄥㄎㄨㄥㄎㄨㄥ地製造**之意。

- These engines were **manufactured** in Germany.（這些引擎是在德國製造的。）

assemble

　　這個動詞的焦點在於「聚集、集中」，衍生出「（**整合零件**）組裝」的意思。

- The cars are **assembled** in our UK plant, but the parts are produced elsewhere.

（這些汽車是在英國工廠組裝的，但是零件卻是在其他地區製造的。）

turn out

　　out 會產生做「出」的感覺，焦點在於「大量」，而非所製造的「物品」。

　　當我們要描述「有多少量」時經常會使用這個片語。

- We **turn out** 6,000 units a day in this factory.（這個工廠一天生產 6000 個。）

　　有些時候，turn out 這個動詞也會衍生出製造廉價物品的語感。因為「大量」之意，常會令人聯想到 "cheap"。

- They **turn out** thousands of these cheap plastic Buddhas for the Western tourists.

（他們生產數以千計的廉價塑膠製佛像給西方的觀光客。）

fashion

　　fashion 這個動詞指的並不是使用特殊專門的工具，慢慢地、精細費神地製作，而是「用手工或是簡單的工具，就可以即興、快速地製作出來。」在夜市，我們經常可以看到用鐵絲即興製作胸針在販賣的小販。小販會先問「你叫什麼名字?」「Hiroto。」「等一下，馬上就好」，隨即就可以快速地折出一個 Hiroto 的花樣。這正是 fashion 給人的感覺。

　　當然，fashion 出來的產品一般都不會有太好的品質。各位是不是常常在夜市買了胸針之後，卻覺得有點後悔呢?

- In Zambia, I was amazed at the toys the people **fashioned** from coat hangers.

（在尚比亞的時候，我看到那裡的人可以用衣架作出玩具，覺得很驚訝。）

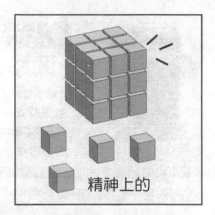

精神上的

以下要介紹的是精神上的「製作」類動詞。

invent

invent 的意象是發明「**新的東西**」，製造出前所未見的新事物。

- Did you know that Thomas Edison invented the electric lamp in 1879?

（你知道愛迪生在 1879 年發明電燈嗎?）

devise

我們可以從 devise 這個動詞中感受到**長久且深入的思考過程**。「該怎麼做才好呢? 這樣是不行的。啊! 我想到了，這麼做或許會比較好」。於是思索出好的 plan 和 system。

- The teacher has **devised** a new method of teaching English Grammer.

（這個老師想出了新的英文文法教學法。）

develop

　　這個動詞在《基礎篇》中已經介紹過了。請各位回想一下，我曾在《基礎篇》中提及 develop 可以用於「沖洗相片」，也就是相片中的影像在沖洗的過程中慢慢地顯現出來。這個意象即使用在「製作」的情況下也是相同的，係指「**經過長時間**」而逐漸成形、製作出來。

- It will take many years to **develop** a drug to combat the HIV virus.（開發抵抗人體免疫缺損病毒的藥物需要許多年的時間。）

這幅插圖已經非我所能，容我休息一次，請大家自行發揮想像力

concoct

　　有一個柱著拐杖的老婆婆，頭上包著頭巾…沒錯！她是個巫婆。在她面前有一個大鍋子，鍋裡咕嚕咕嚕地滾煮著湯汁，她把一些稀奇古怪的藥材不斷地放進鍋子裡…這就是 concoct 的意象。**將各種材料仔細地 "cook together"**，不論是精心地調製食品或仔細地擬定計畫、說話內容等都可以使用這個動詞。

- My mum's amazing at **concocting** wonderful meals from next to nothing.（沒什麼材料我母親也能做出美味的料理，真令人驚訝不已。）
- Hitchcock was master at **concocting** suspense stories.
　（希區考克是編造懸疑小說的大師。）

　　雖說巫婆調製魔藥是這個動詞的基本意象，但並不表示這個字的焦點全然放在不好的地方。不過，話說回來，不好的地方用這個動詞真是再適合也不過的了。

- Let's see what excuse the guys have **concocted** this time.
　（讓我們看看他們這回又要編造什麼藉口了。）

　　以下集合了眾多「破壞」類動詞。老是用 break 和 destroy 是不是也有點不太放心呢?

smash

　　將其「**粉碎**」，而且是「**用很粗暴的力量**」。當需要強調力量或是衝擊之強大時，經常使用這個動詞。

- He went berserk and **smashed** everything in the kitchen.

（他勃然大怒而且將廚房裡所有的東西都砸得稀爛。）

　　當然，這個動詞也有「擊潰」(**defeat**) 的意思。中文裡不是也有「把對方打個稀爛」的說法，不是嗎?

- The top seeds **smashed** us in the semifinals.

（我們在準決賽中被第一種子球隊擊潰了。）

（窗戶被球砸得粉碎。）

shatter

　　這個動詞也是「粉碎類」動詞的一員。一旦被 shatter 的話，會完全粉碎四散到各處。其焦點並不在於力量之大，而在於「**破碎四散**」的樣子。

・The ball **shattered** the window.

　　你們看，是不是被砸得碎碎的呢？當然，這個動詞除了物品之外，也能用於下述用法。

・We were **shattered** by the news of his death.

（接到他去世的消息時，我們深受打擊。）

crack

　　請各位想像一下杯子上有**裂縫**的狀態。這就是 crack。

・Sorry, I **cracked** this glass when I was washing up.

（很抱歉，我洗杯子時不小心弄出了一道裂縫。）

　　當然，這個動詞也有「破壞」的含意，但有趣的是，它也具有「解決問題」的意思。

・I couldn't work out who the murderer was but finally I **cracked** it!

（我原本不知道兇手是誰，但最後終於讓我破了案。）

　　整個事件就好比被一個硬殼包住，完全無法瞭解其中的真相。當硬殼產生了裂縫而得以一探究竟時…就如同事情出現了「解決」的曙光。

fracture

　　這個動詞會令人聯想到某種**硬物**，就是像骨頭、岩石或是金屬等。

- It's clear from the X-ray that she's **fractured** her skull[ribs / leg]. （X 光片很清楚地顯示她的頭蓋骨 [肋骨／腿] 斷了。）

split

　　請各位想一下保齡球的「split」是什麼樣子。就是留下 7 號（最左）和 10 號（最右）這二支很令人生氣的瓶子，所以, split 就是「分成二邊」。

- Oh, no—I've **split** my trousers!
　（喔! 不! 我的褲子裂開了。）

因為「分成兩邊」的意象，因而衍生出下面的語意。

- Let's **split** the cost between us. （讓我們均攤成本。）

那麼，問題來了。究竟我付了多少錢呢?

- He asked for $100 and I offered $50 so we agreed to **split the difference**.

正確答案是 75 元。大家都懂了嗎!

snap

　　snap 這個動詞伴隨有劈啪、喀嚓等**尖銳**的聲音，令人聯想到 break（斷裂）的感覺。

- **Snap** those twigs so we can get a fire started. （折一些樹枝來，我們可以生個火。）

chip

potato chips（洋芋片）用的就是 chip 這個字。chip 當動詞時帶有「**break off （折取）極小的一部分**」的感覺。

· My son fell over and **chipped** a tooth. （我兒子跌倒撞斷了一小顆牙。）

　從整顆馬鈴薯上削下一小片一小片製成的零嘴就稱作 **potato chips**。在棒球或足球比賽時，**chip a ball** 表示切擊球的邊緣極小的部分，讓球往上短打的擊球法，或是短距離地朝上踢球之意。

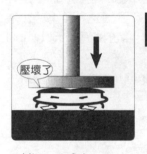

壓壞了

crush

不斷地用力施壓、施壓…最後「**壓壞了**」。這就是 crush 的語感。

· Her leg was **crushed** in the avalanche.（她的腿在一場雪崩中被壓傷。）

　下面這個例句的語感你能掌握嗎？

· His confidence was **crushed** by the teacher's continuous criticism.（他在老師不斷的批評之下信心盡失。）

這些都不能用了

wreck

弄得亂七八糟。被 wreck 之後東西就完全「**不能用**」了。

· They got blind drunk and **wrecked** the hotel room.（他們喝得爛醉如泥，把飯店房間搞得亂七八糟。）

ruin

　　請各位想像一下 ruins（遺跡）這個字，就是原本很富麗堂皇的宮殿成了一片廢墟，完全失去了昔日的風采。動詞形的意象和名詞形完全一樣喔！

・You **ruined** my day!

　　（〔生日當天〕你搞砸了我的生日！）

・I've **ruined** the dinner.

　　（〔打翻盤子〕我把晚餐搞砸了。）

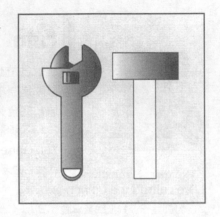

接下來要介紹的是「修理」類動詞。不知各位是否曾仔細想過下列動詞的差別到底在哪裡呢？其實很簡單的，欲知詳情，請看下面分曉！

實在是沒什麼力氣畫了，這種處理方式也不錯吧！

repair

這個動詞與接下來要介紹的 mend 其實擁有非常相似的語感。對於並非以英語為母語的我們而言，似乎不需要對這兩個字的區別太過於敏感。不過，大家一定還是很想了解以英語為母語的人究竟怎麼想的吧！看大家求知欲這麼旺盛，我就稍微說明一下。

repair 這個動詞的重點並不在外觀，而在於**機能**，只要能恢復正常運轉就行了。

・My watch is being **repaired**.
（我的錶正在修理。）

・How much will it cost to **repair** all the damage?
（修理所有損毀的部分需要花多少錢？）

mend

　　這個動詞的焦點在於再一次回復到「**whole**（完整、沒有缺損的狀態）」。因此，不光只是機能，連外觀、其他方面等，都必須恢復原狀為其基本意象。

・He's busy **mending** the fence.
（他忙著修復籬笆。）

・Can you **mend** the holes in my socks?
（你可以幫我縫補襪子的破洞嗎？）

　　mend 也可以用於身體或態度上。

・The wound **mended** quickly.
（這傷口很快就癒合了。）

・You'd better **mend** your ways.
（你最好修正一下你的態度。）

　　身體或是態度並非恢復其「機能」就可以了，手臂斷了，總不能裝上機器人的手臂來 repair 就算了。在這種情況下，還是應該使用「恢復原狀」的 mend 比較恰當。

fix

　　fix 這個動詞帶有「**quickly repair**」的感覺。因為是快速修復，就不可能用於修理太過複雜的東西。有一家名為 Mr. Fixit 的連鎖店，店名給人的感覺就是任何東西都可以馬上修好。

・The washing machine's stopped working. Don't worry, I'll **fix** it in no time.
（洗衣機不動了。沒關係，我很快就能修好它。）

restore

restore 雖然也是指恢復原狀,但其中含有「**小心謹慎地修理與清掃**」的語感。例如:深具歷史特色的舊建築、古老的繪畫,或是年代久遠的古董車等都可以用 restore 這個字。至於我的車子嘛! 就跟 restore 無緣了。此外,這個動詞的適用範圍還可以擴展到法律、秩序、關係、信賴等抽象的事物,都是一些需要小心翼翼去維護的事物。

· Experts are carefully **restoring** the fine 11th century tapestry.
（專家正小心翼翼地修復這張精巧的 11 世紀掛毯。）

· The military had to be brought in to **restore** law and order.
（為了恢復法律和秩序,必須出動軍隊。）

renovate

renovate 這個動詞的焦點在於「**make something new again**」。不管是藉由打掃、修理、改造等方式,只要使其煥然一新,便可以用 renovate 這個字。因為這個動詞不會令人意識到如 restore 般縝密的作業,因此不適合用在有價值的建築物上。

· I'm having my kitchen **renovated**.（我讓廚房煥然一新了。）
　　renovate 最重要的就是──回復嶄新的狀態。

第 9 章

表示**衝擊**的**動詞**

觸碰 touch / hit / punch / thump / slap / smack / spank / pat / caress / stroke / fondle / tickle

切 chop / slice / dice / grate / peel / mince

火 boil / fry / grill / broil / bake / roast

拉 pull / tug / drag / yank / wrench

推 push / shove / nudge / roll

傷害 injure / wound / harm / damage / hurt

殺害 kill / murder / assassinate / slaughter / massacre / execute

影響 influence / affect / impact / tell / impress

表示衝擊的動詞

　　列車總算開到最後一站了。本章將介
紹以各種形態施加力量的動詞。此類動詞
有很多，但意義都是很單純的。

真快！已經到了最後一章。雖然很想再往下多寫一些，不過一本書總是得有個結尾，這也是沒有辦法的事。因為這可不是在寫字典，不是嗎？言歸正傳，要談有關衝擊的動詞，就先從 touch 類單字開始說起吧！

touch

這是表示「觸碰」動詞的典型代表。這裏的觸碰並不限於手。腳、頭、臀部等，只要是與物有所接觸都可以用 touch 這個字。

・Don't **touch** anything.（別碰任何東西。）

這個動詞最有趣的是，它具有各種衍生意義。

・I was **touched** by his kindness.（我被他的仁慈所感動。）

・No one can **touch** her for looks.（沒有人比得上她的美貌。）

・Don't worry. No one can **touch** you here.

（別擔心，在這裡沒有人會傷害你。）

「被感動」、「比得上她」、「傷害」等，雖然中文譯法林林總總，但只要稍微想像一下，即可找出其共通意象。

hit

　　hit 為表示「**敲打**」之意時**最受歡迎**的動詞。不論是用手或是使用道具敲打皆可。

- Stop **hitting** your brother!
（不要打你弟弟。）

　　此外，聽到壞消息、遭受打擊、遇上惡劣的氣候等也都可以使用 hit 這個動詞。

- All this area has been badly **hit** by unemployment.
（整個地區都受到失業嚴重的打擊。）
- The typhoon **hit** the south coast.（颱風襲擊南岸。）
- The realization of what I had done **hit** me like a bullet.
（在了解自己究竟做了什麼之後，有種彷彿被子彈衝擊的感覺。）

　　你們看，只要符合意象，即可自由自在地運用這個動詞。

punch

　　這個動詞實在太簡單了！ 就是**一拳揍下去**的意思嘛！

- I **punched** him in the face.
（我在他的臉上揍了一拳。）

thump

　　thump 這個動詞和 punch 類似, 也是**一拳揍下去**的意思, 但更為**粗暴**。通常用於毆打腹部或是背部, 臉部倒是不太用 thump 這個字。

· He **thumped me** in the belly so hard I could barely breathe.
（他如此用力地揍了我腹部一拳，使我幾乎無法呼吸。）

slap

用手掌摑，就是啪地一聲打下去。
· I tried to kiss her but she **slapped** me.
（我想要親她，卻被她打了一個耳光。）

smack

這也是用手掌打。但通常用於打屁股或是腿。沒錯，就是「**處罰**」。
· My mother used to **smack** me on the legs when I was naughty.
（當我頑皮的時候，我母親會打我的腿。）

spank

spank 的語意雖然和 smack 差不多，但專指「**打屁股**」。有啪啪啪啪地拍打的感覺。
· If you do that again I'll **spank** you.
（如果你再犯一次我就要打你屁股喔！）

pat

　　pat 是「**用手掌輕拍**」。往往用在安慰別人的時候。

· I **patted** him on the shoulder and told him it was not the end of the world.
（我拍拍他的肩膀安慰他這又不是世界末日。）

沿著身體的
表面輕輕地
用手撫摸。

caress

　　很溫柔地、充滿愛意地輕輕撫摸，並不是用力地揉捏。

· I leaned over her and **caressed** her cheek.
（我彎下身來輕撫她的臉頰。）

　　你們看，是不是感覺到愛意了呢？

僅止於
溫柔地輕輕撫摸

stroke

　　溫柔地撫摸，與愛意全然無關。只是**很溫柔地輕撫而已**。

· My dog loves it if you **stroke** him.
（我的狗喜歡別人輕輕地撫摸牠。）

fondle

　　充滿著「愛意」，**揉呀揉地**撫摸。

· She loved **fondling** the tiny kittens.

　（她很喜歡撫摸小貓。）

　　雖說是輕撫，但卻帶有一點 sexual 的
味道。因為是揉呀揉地嘛！

· He **fondled** her breasts.（不譯了！）

tickle

　　就是「騷癢」。

· Stop **tickling** me, pleeeeease!

　（不要騷我癢啦！拜…託！）

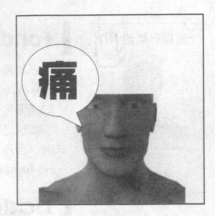

如果說到「切」各位就只會用 cut 的話，那就傷腦筋了。會連蘋果皮也削不了，也沒辦法炒青菜。

chop

　　cut 是一面前後滑動，一面慢慢向下切的感覺，而 chop 則是**直接往下剁**，如同「空手道劈木板」用力地往下劈的感覺。

· You need to **chop** the cabbage first.
　　（你必須先把高麗菜剁碎。）

slice

　　把整條吐司**切成一片一片**就是 slice。

· Could you **slice** a lemon for the drinks?
　　（你可不可以幫我把要放進飲料裡的檸檬切成一片一片？）

dice

dice 就是「骰子」。當動詞使用時表示「把（蔬菜、肉等）切成骰子狀的小方塊」。

· **Dice** all the vegetable for the stew.

（將所有蔬菜切丁準備要燉菜了。）

grate

銼銼銼

嗯，畫得不賴吧！

grater 是「銼菜板」。所以 grate 就是**使用銼菜板來磨碎、刨絲**的意思。

· **Grate** the cheese and sprinkle it over the macaroni.

（磨一點起司粉撒在通心麵上。）

peel

「**削、剝**」蘋果或馬鈴薯等的皮時就用 peel 這個動詞。當然，也有稱為 **peeler** 的削皮器。

· Do I have to **peel** all these patatoes?

（我是不是要將所有的馬鈴薯都削皮呢？）

聽說最重要的是把肉剁到產生黏性才會好吃。

mince

把肉剁成絞肉 (minced meat)，這種狀態就是 mince 的意象，通常會使用絞肉機 (**mincer**) 來製作。

· The butcher **minces** meat on demand.

（只要拜託肉販，他就會幫我們把肉絞碎。）

好像變成烹飪教室了。

接下來要介紹的是有關「火」的單字。主要是以「燒烤」類單字為主。似乎愈來愈像是烹飪教室了。

boil

　　boil 是「**煮**」的意思。很簡單，沒什麼特別之處。

· **Boil** the potatoes for about 10 minutes.

（把馬鈴薯煮 10 分鐘左右。）

fry

　　fry 的重點在於「油」，用油炸或是用油煎。

· **Fry** the bacon until it's nice and crispy.

（把培根煎到爽脆可口。）

重點是燒烤的熱源在上方。

grill/broil

指「**在強烈熱源附近燒烤**」，熱源從上方來是重點。

· I'll **grill** us a couple of steaks for dinner, OK?

（我來烤幾塊牛排當晚餐，好不好?）

騙人。
家庭用烤箱根本就烤不出法國麵包。

bake

這個動詞和 bread、pastry、cake 有強烈的關聯性。指「**用烤箱烘焙**」。

· How long should I **bake** this cake for?

（這蛋糕需要烤多久?）

「爸爸，這隻豬會變成怎樣呢?牠好像在喊痛呢！」
「沒關係的，寶貝，牠只是想多流些汗來減肥而已。」

roast

roast 則是**用烤箱或是直接在火上烤**。提到 roast，腦海中想到的便是肉類。

· We are going to **roast** a whole pig on a spit.

（我們要將一整隻豬串起來烤。）

如果說明太過於枯燥無味，各位一定會很不滿意、很生氣
吧！因此以下就介紹幾個使用前述動詞的有趣用法供大家參
考。

grill ～ /give ～ a grilling：問了一大堆麻煩的問題。

▶因為接連不斷的被詢問，好像被燒烤著一般。

roast ～ /give ～ a roasting：生氣或是批判。

▶是不是和被火烤很像呢？

boiling hot/baking hot：炙熱

▶這個片語一點也不難，各位讀者應該一看就懂。

　　各位氣消了嗎？

接下來我們要談稍微複雜一點的衝擊類動詞。

pull

　　pull 是最一般性的「拉」。大家應該都很熟悉這個動詞。

- If we both **pull** hard we should be able to move it.（如果我們一起用力拉的話，應該就能夠搬動它。）

　　嗯⋯好像沒什麼題材好說明，就來介紹一個俚語吧! 下面例句的意思大家看得懂嗎?

- It's easy for him to **pull** girls—he drives a Porsche!

（對他而言吸引女性是很輕而易舉的事，因為他開著一輛保時捷。）

　　這句話主要是指以性關係為目的而勾引的意思。pull 這個動作會令人聯想到 attract。

拖船

tug

　　tug 表示「用力、使勁地拉」。大家只要想像一下拔河 (tug of war) 時的情景就能理解這種感覺了。拖船也是一樣，需要很大的馬力才拖得動，不是嗎？

・I tried to **tug** him out of bed but gave up in the end.（我試著將他從床上拉起來，但最後還是放棄了。）

・Stop **tugging** at my skirt, for God's sake.

（求求你，別再扯我的裙子了。）

拖拉著

drag

　　drag 指因為東西很重或很難搬運，在**地面上拖拉著**。

・We'll **drag** the chest as far as the door.

（我們將櫃子拖到門邊。）

　　這個動作衍生出各種表現方式。請大家試試以下幾個例句。

・It's impossible to **drag** him away from the baseball on TV.

（要他別看棒球節目是不可能的。）

・She's always **dragging** my name through the mud.

（她總愛說我的壞話。）

　　「在地面上拖拉著」這個動作往往會令人聯想到因不願意而抵抗，或是全身沾滿泥巴的樣子。除此之外，也有下面這種用法。

・Our faculty meetings **drag on** for hours.

（我們的教職員會議拖了好幾個小時。）

　　時間都耗掉了的樣子，而且介系詞用了 on，更產生「一直持續」的感覺。

使勁
（只有一次的動作）

好慘

yank

　　yank 為「使勁地」，**使瞬間產生尖銳的動作**，也就是突然將某物用力拉開的意思…大家可能還不太能體會，那麼，看看下面幾個例句，應該就可以充分掌握這個動詞的語感。

- The angry mother **yanked** the screaming child off the slide and dragged her home.

（那位生氣的母親將尖叫的孩子從溜滑梯上拉下來，然後拖她回家〔嗚～好慘喔！〕）

- He suddenly **yanked** the keys from my hand.

（他突然將我手上的鑰匙奪走。）

　　是不是已經抓到這個動詞的感覺了呢！

wrench

　　這個動詞雖然也是指強拉，但不是只有拉的動作，還要加上**扭轉**的動作。當然，也是要用力的。各位都聽過扳手這種工具吧！什麼？沒聽過？去看一下自己家中的工具箱，這可是必備的工具喔！可以的話，用扳手將某處的螺帽拆下來，就能夠體會出這個動詞的語感。

- After quite a struggle he **wrenched** the gun out of the man's hand.

（經過一番激烈的搏鬥之後，他將那男人手上的槍奪了過來。）

- It took me ages to **wrench** the door open.

（為了把房門撬開，耗了我不少時間。）

介紹完「拉」之後，當然也要來談談「推」。

push

　　push 就是「推、按」。相信本書的讀者沒有人不認識這個字吧！

· On the count of three, everybody **push**.

（當我數到三時，大家一起推。）

· Come on, keep **pushing**. That's it—look, a beautiful baby girl.

（加油！繼續用力！出來了，妳看，是個漂亮的女娃娃呢！）

　　譯成「繼續用力！」可能不是那麼貼切，在此必須先向各位讀者說聲對不起，因為這方面我並沒有經驗。

　　「推」這個動作還衍生出許多的意思。

· The teacher **pushed** students to work harder.

（老師督促學生多加用功。）

· I'm a bit **pushed** for time.

（我覺得時間不太夠。）

　　應該沒有什麼想不透的用法吧！

shove

指「很沒禮貌、很粗魯地」push。

- He **shoved** me aside without a word of apology.

（他撞了我一下卻連一句對不起都沒說。）

順帶一提，push 和 shove 若一起使用的時候，會給人一種「人潮互相推擠、磨肩擦踵」的感覺，就好比百貨公司清倉大拍賣時的情景一般。

- Everyone was **pusing and shoving** to catch a glimpse of Ricky Martin.

（人們互相推擠，為的就是要看一眼瑞奇・馬汀。）

nudge

用手肘輕輕地推一下，打暗號表示「喂! 你看一下」，或是「過去一點」等。

- I **nudged** the girl dozing next to me on the train as her head kept falling on to my shoulder.

（我用手肘推一下那個在火車上打瞌睡，頭一直靠到我肩膀上的女孩子。）

- They **nudged** each other in silent agreement.

（他們互相用手肘推了一下對方，彼此暗中示意。）

roll

　　roll 就是「**一直滾一直滾**」。一樣是屬於「推」的動詞。

・**Roll** the ball to the baby.

　（把球滾到寶寶那裏。）

　　roll 的滾動不一定要借助他力，**自行滾動也可以**。

・I fell skiing and **rolled** over and over to the bottom of the slope.（我在滑雪時不小心跌倒，結果一路滾到斜坡下。）

　　over and over 會產生「咕嚕咕嚕地滾下」的感覺。什麼? 太簡單? 好，下面就出個難題考考大家。

・OK. I'll tell you what I think, just to **start the ball rolling**.

　（好，我就先告訴各位我的想法以作為開始。）

　　就是 begin the activity。大家應該都能理解吧。

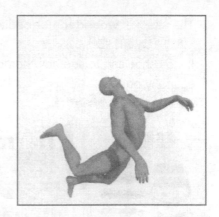

　　接下來要為大家介紹「傷害」、「加害」類動詞。每一個動詞之間都有著微妙的差異。

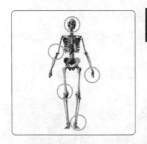

injure

　　injure 是「**負傷**」。大都是因為意外事故等原因所造成的。injure 是可以「**具體**」描述出哪個部位（韌帶或是骨頭）受傷的動詞。

・The high winds killed 3 people and **injured** many more.（強風造成 3 人死亡，多人受傷。）

・He **injured** himself playing soccer.（他在踢足球時受傷了。）

wound

　　用 wound 這個字感覺上好像可以看到受傷流血的樣子，就像 **cut**（切傷）、**gash**（深而長的傷口）、**blood**（流血）等。感覺上這種傷都和 weapon（刀、槍等武器）有關聯。

· The attacker **wounded** her badly with his knife.

（這個攻擊者用刀把她傷的很重。）

· It was shocking to see how horribly the bombs had **wounded** so many people.

（看到如此多的人被炸彈炸傷，我感到相當震驚。）

整體的

harm

　　harm 是一個「**語意非常不明確**」的動詞。它不會令人聯想到場所或方法、程度等特定的情形，就是純粹地表示「加害」之意。

· You know I would never **harm** you.

（你知道我絕不會傷害你的。）

· Alsatian dogs look fierce but they would never **harm** anyone unless provoked.

（亞爾薩斯犬看起來雖然可怕，但除非去惹牠，否則牠是不會傷人的。）

糟糕、不妙

damage

　　這個動詞給人「**糟糕、不妙的感覺**」，要將其治好需要花很長的時間，或者一生都會留下這道傷口。

· Smoking can **damage** your health.

（抽煙會危害健康。）

· I'm afraid the severe blow has **damaged** your son's brain.

（恐怕你兒子的腦部被重擊後已經受到損害。）

hurt

　　hurt 並不會造成極為嚴重的傷害。這個動詞的重點在於「痛」。

・Stop! Can't you see you're **hurting** her?

（住手！你難道不知道你弄痛她了嗎？）

・He fell over and **hurt** his elbow.

（他跌倒弄痛了手肘。）

　　下面例句的意思大家應該知道吧？

・My leg **hurts**.（我的腳好痛。）

　　表示衝擊的動詞中最極端的，應該就是「殺害」類動詞了。全都是一些意義很單純的動詞。

kill

　　kill 是「殺害」類動詞中最為常見的。單純地表示「奪去性命」。kill 的行為者並不一定是人，也可以因為意外災害而造成。

・39 people were **killed** on the roads this weekend.

（這個週末有 39 個人因為道路事故而喪生。）

・I didn't think he would actually **kill** her.（我不認為他會真的殺她。）

murder

　　murder 是「**蓄意地殺人**」。帶有「預謀」的語感。

・How could any mother **murder** her own child?

（做母親的怎麼會謀殺自己的孩子呢？）

assassinate

assassinate 為「殺害重要人物」，通常都有**政治動機**。

· The CIA uncovered a plot to **assassinate** the President.

（美國中情局揭發了暗殺總統的計劃。）

slaughter

好殘忍喔！

slaughter 的基本意象是「**宰殺供食用的動物**」。各位應該都聽過 **slaughterhouse**（屠宰場）吧。BBC（英國廣播電台）以前曾經播放一個批評性的節目，譴責屠宰場不應該讓動物如此痛苦地死去。因為法律上規定要讓動物在失去意識之後方可加以宰殺，這樣才能讓牠們比較不痛苦。雖然話題有點血腥，但這個節目的宗旨的確值得我們深思。我們的節目難道就不能學學人家嗎？無聊的節目好像太多了……。

slaughter 這個動詞如果用在「人」的身上的話…大家應該猜得出來吧！沒錯，像宰殺動物一樣，以十分「暴力」、「冷血」的方式對待人。而且，因為是 slaughterhouse，所以也帶有「大量地屠殺」的語感。

· Millions of innocent people were **slaughtered** by Pol Pot's troops in Cambodia.

（數以百萬計的無辜民眾被柬共領袖波爾布特的軍隊殘殺。）

massacre

massacre 的焦點在於「**大量地**」，不**分男女老幼地濫殺**，並帶有「**受害者拿他們一點辦法也沒有**」的語感。筆者在高中時代費了好大功夫才把這個單字記起來，雖然另一位作者 Chris 曾經說過這樣的話：「massacre 的重點在『大量地』，因為字裡頭有 mass 嘛!」，不過這兩個字在字源上可沒有關係，不過是湊巧罷了!

· The colonists **massacred** the aborigines mercilessly.
（殖民者無情地濫殺當地的原住民。）

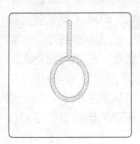

execute

就是「**legal killing**」。亦即處決。

· Some are **executed** by lethal injection, others by the electric chair.
（有些死刑犯是用注射毒液來處決的，有些則是用電椅。）

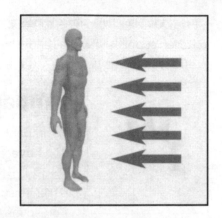

最後要介紹的是衝擊動詞中比較抽象的「影響」類的動詞。

influence

　　大家都知道 influence 是「帶來影響」的意思，但其基本意象卻是 **flow in**（流入）。就像河川流入海中一般，因而衍生出「**靜靜地長期給予影響**」的含意，並不會讓人有立即或強烈的感受。

- Do you think violence on TV **influences** young people's behaviour?（你認為電視節目中的暴力會影響年輕人的行為嗎？）
- My father **influenced** me to take up tennis.
  （我受到父親的影響才開始打網球的。）

affect

　　如果被 affect 的話，該物會**產生變化**，會令人感受到明確的變化與效果等。

- I'm not sure how these changes will **affect** our college.

（我不太確定這些改變會帶給我們學校怎樣的影響。）

· Relief supplies have already been sent to the areas worst **affected** by the flooding. （救援物資已經送到水災受害最慘重的地區。）

impact

impact 是「明顯而強烈的影響」。通常以 **have an impact on...** 等名詞的型態出現，但最近動詞形也廣泛地被使用。

· The closure of the factory will **impact** on so many families in town.

（工廠關閉將帶給城裡許多家庭莫大的衝擊。）

tell

長時間持續的壓力等會帶給人很大的影響。tell 這個動詞指「看那個人的樣子就知道（樣子會 tell）」之意。

· The pressure's beginning to **tell on** him. （壓力開始在他身上產生影響了。）

impress

因為是 press，所以有好像在心中**重重蓋下印章**的感覺。也就是深深地、不易磨滅的感覺。

· None of the players **impressed** me.

（沒有任何選手令我印象深刻。）

· I was **impressed** by her fighting spirit.

（她的奮鬥精神令我深受感動。）

結語

列車好不容易總算開到了終點站。不知各位讀者覺得如何？筆者在這本書上所投入的時間和精力可是較以往多了好幾倍呢！我經常和另一位作者克里斯在家裏或是偏遠而安靜的小店一坐就是好幾個小時，費盡心血為的就是要把像在空中飄浮的以英語為母語者的語感一一抓住，真是煞費苦心呢！不過這一番努力總算沒有白費。

想必各位已經體會到自己平日隨意使用的動詞其實都具有包羅萬象的面貌、特殊的氣味與觸感。英文絕非枯燥無味的語言，而是和我們的母語一樣，潛藏著無數豐富的語感。就從現在開始，讓我們開始新的英文之旅吧！今後各位將更能深入體會英文的世界。

現在筆者正在撰寫《自然學習英語形容詞、副詞》（暫定）。此書也將依循《自然學習英語動詞》，為各位介紹以英文為母語者微妙的語感…什麼？「我們想知道更多的動詞。也想要了解每三年才會碰到一次的玩家型動詞的意象」。這個嘛！筆者好像比較不在行…。啊，對了！有這樣的需求時，歡迎各位光臨我們的網站 (http://www1.neweb.ne.jp/wb/e-academy/)。或許我們會將此類動詞歸納在網站當中供各位參考。也請各位多多給我們捧場喔！

最後，我要特別感謝研究社出版部的杉本義則先生。這本書之所以能夠提早二年三個月出版全拜杉本義則先生之指導與激勵所賜，在此由衷地表示謝意。

Index

以下特將《自然學習英語動詞——基礎篇》及本書《自然學習英語動詞——進階篇》的內容項目整理如下。（）內的數字為《基礎篇》中介紹過的動詞。

自然學習英語動詞
——基礎篇

一個動詞動輒八、九個語義,硬生生地背誦每一個語義實在不是個好方法。本書以圖畫式的「意象學習法」,幫助您不需過度地依賴文字解釋,就能清楚區分每個字彙特有的語感,使您脫離機械式死背中文翻譯的夢魘,輕鬆暢遊英語動詞的世界。

英語同義字辨析

一樣是「海峽」,channel和strait有何分別?若以「規模」來說,答案是——channel>strait。
有別於一般的同義字辭典,本書將具有同義性(synonymy)的字彙,依「強度大小」、「程度高低」,用「不等式(>)」的方式來表現,視覺化的標題設計,讓您一目瞭然!

從身旁事物開始學習的 生活英語

每天食、衣、住、行所接觸到的事物，你知道如何用英語表達嗎？藉由學習身旁各種事物的英文用法，並在實際生活中不斷地應用，能使英文的生活用語自然而然地留在腦海裡，是最具效果的英文學習法。想要有效加強生活英語會話能力的你，千萬不可錯過。

活用美語修辭
——老美的說話藝術

日常生活中，我們經常引用各種譬喻，加入想像力的調味，使自己的用字遣詞更為豐富生動，而英語的世界又何嘗不是？且看作者如何以幽默的筆調，引用英文書報雜誌中的巧言妙句，帶您徜徉美國人的想像天地。

透析商業英語的語法與語感

商業英語不只是F.O.B.等基本商業知識，潛藏在你我熟悉的字彙中的微妙語感與語法才是縱橫商場的不二法門，掌握了它，你將是名符其實的洽商高手。

商用英文書信

商用書信的寫作就如同作文一般，起承轉合的拿捏是關鍵，本書從商場實務的溝通原則出發，剖析商業書信的段落架構，追求清楚的內容邏輯，是即將邁入社會工作的年輕學子們最佳的商用英文書信指南。

國家圖書館出版品預行編目資料

自然學習英語動詞.進階篇／大西泰斗, Paul C. Mc-
Vay著；林韓菁譯.－－初版一刷.－－臺北市；三
民，2003
　　面；　公分
參考書目
ISBN 957-14-3726-3 （平裝）

1.英國語言－動詞

805.165　　　　　　　　　　　　　92000332

網路書店位址　　http : // www. sanmin. com. tw

ⓒ　**自然學習英語動詞**
　　　　　　——進階篇

著作人	大西泰斗　Paul C. McVay
譯　者	林韓菁
發行人	劉振強
著作財產權人	三民書局股份有限公司 臺北市復興北路386號
發行所	三民書局股份有限公司 地址／臺北市復興北路386號 電話／(02)25006600 郵撥／0009998-5
印刷所	三民書局股份有限公司
門市部	復北店／臺北市復興北路386號 重南店／臺北市重慶南路一段61號

初版一刷　2003年2月
編　號　S 804300
基本定價　肆　元
行政院新聞局登記證局版臺業字第○二○○號

有著作權·不准侵害

ISBN　957-14-3726-3　（平裝）

三民英語

●打開話匣子 - Small Talk一下！ 定價240元（附CD）

你曾經在面對外國人時，因為話題缺缺而痛苦不堪嗎？要脫離這樣的窘境，就讓本書來幫幫你吧！

●老外會怎麼說？ 定價130元

本書只教你課堂上學不到的自然會話，本系列最暢銷的單行本。

●MAD茉莉的文法冒險 定價190元

茉莉的英文雖然不是很好，但是她有一個長處，就是…很敢講～

●動態英語文法 定價220元

刻板的文法如何「動態」？當然是透過生動的解說！少了艱深的文法修辭，完全平易近人的文法解說，讓你將英語小老師帶回家。

●That's It! 就是這句話！ 定價210元（附CD）

你我平日在說的簡單對話，換成英語時該如何說？甫推出即獲讀者熱烈反應，發燒CD版隆重改裝再推出。

●從身旁事物開始學習的生活英語 定價160元

藉由學習每天食、衣、住、行所接觸到的事物，讓你自然而然地提升英語生活會話的能力。

●同步口譯教你聽英語 定價160元

與第一線口譯工作者分享學習英語的經驗。教你如何在大膽開口說英語之前，先聽懂對方所說的英語。

●黛安的日記 定價190元

這一天，一個完全不懂英文的小女孩黛安得知爸爸被調到美國去工作，既期待又興奮的她，就此展開了在美國一連串的小小冒險…

學習系列

● 活用美語修辭 —— 老美的說話藝術　定價210元
本書引用英文書報雜誌的巧言妙句，帶你徜徉於美國人的想像天地裡，分享自由聯想的語言趣味。

● 英語同義字辨析　定價180元
本書以不等式（＞）的方式教你如何分辨同義字程度上細微的不同，讓你輕鬆掌握使用同義字的訣竅。

● 掌握英文寫作格式　定價190元
一本適合初學寫作者最佳的參考手冊，幫助你掌握英文寫作法則，輕輕鬆鬆寫出道地英文。

● 英語大考驗　定價130元
本書專門針對一般人似懂非懂的文法概念重新釐清，想知道你的文法概念有多少似是而非嗎？測驗一下吧！

● 社交英文書信　定價190元
每一篇實用的社交英文書信範例均附有詳細的中譯及語句註釋，讓你既學習英文也學習待人處事的技巧。

● 商用英文書信　定價210元
從商場實務的溝通原則出發，剖析英文書信的邏輯架構，最適合上班族閱讀。

● 透析商業英語的語法與語感　定價160元
Any little mistake in the business field should be avoided at best.商場如戰場，You can't be too careful.

● 輕鬆高爾夫英語　定價170元
學語言不是只有在教室裡，塑造全英語學習的環境，就從隨時隨地開始，包括球場。

● 航空英語與趣譚　定價160元
除了介紹機上趣事及航空特有的用語、簡稱、代碼之外，本書也完整呈現最前線的飛航情形。

自然學習英語系列

不需要繁複的解說與背誦，本系列英語學習書以獨特的「意象學習法」，教你如何「用想的」就學會英文。

● **英文自然學習法一** 定價160元
這是一本想像文法概念的書。透過輕鬆的筆調，讓你感受以英語為母語的人腦海中如何體會文法。

● **英文自然學習法二** 定價190元
這是一本想像介系詞的書。透過基本圖形，說明各個介系詞意義，讓你像以英語為母語的人一樣，自然掌握介系詞的精神。

● **英文自然學習法三** 定價170元
這是一本介紹助動詞及敬語、委婉語氣、假設語氣的書。只要透過直覺，就可以讓你像以英語為母語的人一樣，輕鬆擺平艱澀難懂的文法！

● **自然英語會話** 定價160元
自然地開口說英文並不是一件難事。只要你能了解英文的發音原則、口語的特殊動詞表現，學習日常生活的口頭禪、俗俚用法，自然就能脫口而出流利的英語！

● **自然學習英語動詞──基礎篇** 定價220元
一個動詞動輒七八個語義，不加思索就呆呆地背誦每一個語義實在不是個好方法。本書以圖畫式的「意象學習法」，教你如何「用想的」就學會基礎英文動詞。

● **自然學習英語動詞 ── 進階篇**
除了基礎動詞外，還有進階動詞喔！敬請期待！